Le cœur synthétique

Chloé Delaume

合成的心

[法]克洛埃·德洛姆 著

吴燕南 译

目 录

第一章　一间自己的房间 …………………………………1

第二章　社交之夜 …………………………………………11

第三章　我的小小公司 ……………………………………23

第四章　毫无疑问 …………………………………………33

第五章　地下数学 …………………………………………45

第六章　赛马之歌 …………………………………………55

第七章　伊万、鲍里斯和我 ………………………………69

第八章　权力与荣耀 ………………………………………79

第九章　单枪匹马 …………………………………………89

第十章　今晚，圣诞夜 ……………………………………99

第十一章　砰砰砰，大葱与土豆 ………………………109

第十二章　我们统统要完蛋 ……………………………119

第十三章　盥洗台 ………………………………………129

第十四章　我向月亮发问 ·············· 139

第十五章　马丁 ···················· 151

第十六章　特殊伴侣 ················ 161

第十七章　一如往常 ················ 171

第十八章　苹果女王 ················ 181

第十九章　田野烧灼之时 ············ 195

第二十章　爱情啊，就像香烟 ········ 205

第二十一章　天亮了 ················ 215

第二十二章　爱情零元年 ············ 225

第二十三章　独自一人 ·············· 231

第二十四章　女游击队员们 ·········· 237

第一章　一间自己的房间[①]

① 本书第一章和最后一章的标题分别来自两位女性主义作家的作品：英国作家弗吉尼亚·伍尔夫的《一间自己的房间》和法国作家莫妮克·维蒂格的《女游击队员们》。《一间自己的房间》出版于1929年，是伍尔夫以自己在剑桥大学围绕"女性与小说"做的两场演讲为基础撰写的。《女游击队员们》是莫妮克·维蒂格发表于1969年的小说，书中虚构了一个纯女性社群，描述她们如何共同生活、共同斗争以逃避异化。这两部作品的内容恰好与小说的开头与结尾相呼应。其他章节标题都是歌曲名。

阿代拉伊德的心痛苦地撞击着，仿佛被砂纸打磨。尽管如此，她依旧含着笑拆她的纸箱。她有个属于自己的地方了，现在她自主啦，这里会成为她的王国。这间一居室完美无缺，尽管小得可怜。是离婚的后效在磨擦她的心脏，尽管离婚是阿代拉伊德主动提出的。疼痛始于法庭之上，自那之后，她的心瓣就没停止过蜕皮。阿代拉伊德感觉到了，她觉得她的心在蜕去最后一层对埃利亚斯的爱的碎屑。在这层皮之下，一层崭新的皮肤正等待着新的悸动。包裹心脏的一层伤痕累累的旧皮肤被空虚噬咬着。此时没人想着她，她也没想着别人，自十五岁起这还是头一次。在此之前，她都是离开一个男人马上投入另一个男人的怀抱，阿代拉伊德直到今天，一直在爱着。在最近的七年中，她爱着埃利亚斯，直到日复一日的生活使她的灵魂与神经疲惫不堪。

阿代拉伊德——取出她的东西，为她整个生命所占据的空间如此狭小而惊讶不已。她四十六岁，除了一堆衣服和七个书架之外，几乎一无所有。宜家毕利系列的书架，她用彩灯条，用钉在相框里的蝴蝶标本，用一堆墨西哥小玩意儿和日本褶皱纸灯笼装饰着。一双细高跟鞋醒目地踩在两本七星文库版珍藏本书籍中间。书本与鞋，是她生命中的两大嗜好。之前的公寓里，阿代拉伊德一直把一个多余的客房当作衣帽间。那里还有一个双客厅、一个阅读角。这一切，她都还给了埃利亚斯，他是那间公寓的主人。阿代拉伊德自己一个人的薪水，只够她在巴黎的二十区租一间三十五平方米的一居室。

她带走了一张一米二宽的小床，还有精简至极的家具。一张桌子、四把椅子，没带沙发。东西散落四处，挂衣架被折弯，箱子满得溢出来，仅有的几个橱柜快要爆开。书籍覆盖着每一面墙，吞噬着地板，一摞摞地散落在各处，堆成圆茶几的样子、圆柱的样子。长靴、短靴、运动鞋，在玄关处堆成一座金字塔。房间的角落里，堆着凉鞋、平底鞋和高跟鞋。杂物以不可阻挡的势头蔓延开来。一幅二手店的图景，仿佛艾茂斯店①的货架。阿代拉

---

① 艾茂斯店（Emmaüs），法国非营利慈善店铺，出售个人捐赠的二手物品。

伊德清楚地知道她要面对的是怎样的情形，离开埃利亚斯，就是舍弃舒适，就是眼睁睁地看着自己的生活水准大幅度下降。是她自己选择了孤独与自由，从此挣脱二人世界的桎梏。现在是晚上八点五十，她很高兴自己略过了晚饭。

阿代拉伊德的身体惬意地平摊在放了靠枕的一米二宽的小床上。簇新的孤独，胸膛鼓囊囊拥挤着兴奋。新的可能向她敞开了怀抱，未来是友好的、神秘的。她厌倦了与埃利亚斯一起，因为每一天都是永恒的循环往复。看起来，在今天，恰在此时，她重新拥有了掌控权，对生活的掌控，她给予自己重新出发的权力，真正的重新出发，从零开始。阿代拉伊德享受着这寂静，触摸这暂停的一刻。她有点眩晕，许多的兴奋。未知对她触手可及，她现在准备好要一头扎进去了。

八月从窗边攀爬上来，这潮湿而甜腻的安宁啊，裹挟着一切。阿代拉伊德欣赏这些景致，这将是她未来的几个月，抑或未来几年的生活的背景。她被狭小的房间扼住了颈脖。她自语道："老天保佑，就几个月吧，别是几年。"她的脑海里立即浮现出若干得以搬家的方案。一个拥有宽敞公寓的男人，或者只是租着房但有优质担保人的男人，一组中"百万欧元"彩票的数字。阿代拉伊德为了给自己打气,自言自语:"这只是一个过渡,至少我还有安宁。"

电话没响,今晚的社交网络也是一片荒芜。阿代拉伊德已经需要倾诉了,她极少一个人住,她的独居生活从未超过十个月,而那时她也更年轻,那段时光已经很遥远了。最后一次独居是在认识埃利亚斯之前,她的消沉如同触到泳池的池底。对她而言,独自一人不构成问题,但爱情的缺失会造成问题。阿代拉伊德对自己说:"我要遇见一个人。"她提高声音重复道:"一个人,必须的。"在她的生命历程中,这是件顺理成章的事,因为她总是这样一个接一个得到新的伴侣。她自问这座城市中的哪一个人会很快被命运交付于她,她犹豫着要不要算一副牌,却又倾向于不那么快得到结果。阿代拉伊德害怕,倘若结果预示着悲伤与孤独,她就要陷入惶恐。她想让今晚成为一个美丽的回忆,她第一个独处的夜晚,她人生的下半场,她簇新的开始。

阿代拉伊德起身放音乐。她建了一组歌单,"赶时髦"乐队[①]排在第一个,她就以他们的歌《新生活》为名建了

---

① "赶时髦"乐队(Depeche Mode),英国电子乐团体,2020年入选"摇滚名人堂"。

一组歌单。阿代拉伊德对陪伴她生命的音乐非常敏感,她选了一首可以象征这段非常时期的歌曲,一首能在未来记录这段美好回忆的歌:艾蒂安·达奥①的《第一天》。阿代拉伊德陷在一把椅子里,目光将一切陈设都印入脑海。歌手唱着:"继续站着却以何种代价/牺牲天性与欲望。"她的目光撞上书本堆成的墙,还有缺了张沙发的角落。歌声继续流淌:"而今天一切都会改变/你余生第一天/上天的安排。"阿代拉伊德像祈祷般轻声哼唱着,她的希望把这间迷你一居室的隔板向后推去。彩灯和纸灯笼闪烁着,彩色的光晕顺着书架直泻而下。幽暗擦去了室内之物的拥挤陈设,月光从敞开的窗户照进来,轻轻笑着。

阿代拉伊德的肌肉逐渐放松下来。导致她紧张的两大原因是离婚与搬家,现在考验结束,她的身体像是被痛打过一般。离假期结束回去工作只有一个星期了,她对自己说,我会准备好的,然后她想到了热水浴。她多想来一次净化仪式,想要一个浮着珍珠色轻盈泡泡的浴缸。她回想着她的人生中所有曾拥有过的浴室的样子,瓷砖的质量啦,温度啦,水压啦,她有过多少男伴就住过多少公

---

① 艾蒂安·达奥(Étienne Daho,1965—),法国流行歌手。

寓。而这里，洗澡间占据一个小小的拐角，她滑进一个用塑胶板隔成的三角间。她的脑袋里依次闪过：八个男人和一个丈夫，双水槽，镶板，有多少次她住过铺着木地板的公寓。水哗哗流淌，她被绊了一下，突然想到，自己没有肥皂。这最后一个小细节击垮了她。阿代拉伊德摔倒在这塑胶板棺材里。如果她不照顾好自己，没有旁人会来关心她。

直到今天，阿代拉伊德都很少自己照顾自己。因为工作的缘故她时常忘记照顾自己。阿代拉伊德是一家出版社的媒体专员。她是个摆渡人，要说服记者们为她目录上的书撰写评论。她也负责陪伴作家，潜入他们的世界，为了尽可能地照料好他们。她陪着他们接受采访，去书店做活动，参加文学节，出席文学鸡尾酒会。阿代拉伊德常常不记得自己是谁，有时也不知道自己在想什么，只因她一直地、不断地，成为别人的声音。

阿代拉伊德没有家，所有的家人都去世了，而她不得不一次次地拒绝那些遗产，因为它们会产生债务。阿代拉伊德也没有孩子，她对孩子从来都兴趣寥寥。如果她有个孩子的话，她会没那么孤单，但会被烦死。阿代拉伊德毫不后悔，在她这儿，这是原则问题。总是她主动改变生活，她是生活的主使者而非受害者。她对自己的命运有信心，她相信自己被阿芙洛狄忒保佑着。爱情女神从未抛弃过她，阿代拉伊德确信自己很快会有新的相遇。阿代拉伊德错了，倘若她算一副牌，她就会知道。

阿代拉伊德在睡梦中忘记了她的年龄。她似乎还想像三十多岁或者学生时代那样去面对她人生的下半场。阿代拉伊德不知道，尚且单身的男人要少得多了，她想都没想到这一点。她也忽略了竞争对手的分量。那些刚离婚的男人都喜欢更年轻的女人，很快阿代拉伊德就会被这份觉醒灼伤。

这是一个一朵浪漫的小蓝花①被浸入盐酸的故事。阿代拉伊德·贝特尔，一个与任何其他女人并无二致的女人。她，四十六岁，听见少女之梦的丧钟敲响。

---

① 法语中的"蓝花"有浪漫、敏感、天真的意思。

第二章　社交之夜

八月的中旬将巴黎变成坟墓。城市再不出一丝声响，沥青灼热的气味让人想到垃圾焚烧炉。阿代拉伊德百无聊赖，快快不乐。她的女友们都离城度假去了，她多想今晚就出门交际，却找不到一个人陪她。前夫埃利亚斯简直不能再深居简出了，他们两人在一起时就从未有过什么社交生活，从未一起去过派对，也从未被邀请去哪里晚餐过。阿代拉伊德向往着挥霍她的自由。她整个下午都在一间咖啡馆里看书，真心希望能遇到什么人来搭讪。既然不存在爱的偶然，那就自己主动安排。没有人留意一个四十多岁的女人，这再正常不过，尽管她穿着优雅，坐在露台的桌边。阿代拉伊德喝完四瓶零度可乐，抽完十六支"好彩"香烟，看完一本她觉得极为糟糕的流行小说。最近的二十四小时中，她只与一个服务生和一个来借火点烟的女孩有过交流。

十九点三十分，阿代拉伊德孤零零一个人，而对于世界上的其他人来说，包括 Facebook 上的世界，现在是餐前开胃酒时间。她想到正在度假的女友们。朱迪特与女儿和丈夫在希腊，贝朗热尔在阿尔代什山上自家的度假屋里，埃尔默利娜在阿尔卑斯山的某处徒步，克洛蒂尔德在罗马的作家驻留中心奋笔疾书。阿代拉伊德多么想打扰她们，向她们承认："我受不了孤独了，帮帮我吧！"但她只是像为了打发时间寄明信片那样，给每一个人都发了信息。为了给自己打气，她在短信上撒了谎："超喜欢我的新家，我爱死我的新生活了。新生活的力量！一切都完美到不行！"她拍了一些家中小细节的特写，一些漂亮的小玩意儿，一个墨西哥圣母像的塑料微笑，还有她用来代替窗帘的粉紫色纱网的皱褶。很快她就收到了一些满是爱心的表情回复。

在巴黎，当我们独自一人的时候该干什么？当一个女人没有人陪的时候会去哪里？街角的小酒馆还是酒店的酒廊？她想着那些时下最火的私人会所。她知道一些好地方，她是出版社的媒体专员，而且颇为机灵。但她心里也清楚，让她托着腮，手肘撑在吧台上，和陌生人搭话，这一点她永远做不到。这是一种心理障碍，当她还是孩子的时候，就很害羞，她狠狠地努力了一番才拥有了一点自信。把自己扔进舞池中的人群里，独自扭腰晃臀，让自己和周围的身体协调互动，她也做不到，哪怕想一想，她的腿都会不听使唤，令她摔倒在地。可她不想在线上玩着填字游戏度过一整晚。阿代拉伊德自问，若自己喝醉了，或者嗑了药，会不会好一些，要是能起作用的话，至少算是个捷径。想象中的计划，大概要在一瓶桑塞尔干白和几行可卡因之后实行。一个人走进酒吧，倚在吧台上，要一杯啤酒，向旁边的人微笑，展开一段对话，哪怕是干巴巴的对话，都是不可能的。并且这种策略毫无用处，一整晚都在吧台上晃悠的男人不可能有什么优质的社会背景。走入酒店大堂，找一个单人沙发坐下，要一杯鸡尾酒，向邻座微笑，是另一个问题。行政酒廊里的男人，通常都是保守的老右派。阿代拉伊德焦虑着，怎样才能不再孤独，在巴黎的哪里才能遇到对她有意的男人。阿代拉伊德抱怨着，在网上搜寻着，婚恋网站的地址跳了出来，像是一个解决方案。

阿代拉伊德不情不愿，阿代拉伊德固执己见。她拒绝成为商品名录的一分子，她承认，找配偶，就是要把自己投入这大市场中，但她目睹了朋友贝朗热尔是怎样整整一年都挂在 Tinder 上的。贝朗热尔是个女猎手。野味这种级别，阿代拉伊德觉得自己远远值得更好的。她大错特错了。贝朗热尔捡到篮里就是菜，而阿代拉伊德还刚入门，还过于天真。贝朗热尔很快就会向她吐露心声："你看，这事在以前是很容易的，当时我们魅力四射，自己还意识不到呢，现在，都是过去时了。"而她脚下的大地很快就会裂开。至于现在，阿代拉伊德暂且做做她的白日梦。她在脑海中编造着故事，一些能让她暂时容忍当下的故事。这众多故事其中之一便是，今晚她就会在一家高档会所遇见她的灵魂伴侣。他高大、瘦削，他叫弗拉迪米尔。在她的故事中，他们两人就这样认出彼此，他对她投以微笑，他们的日子就这样以第一人称复数的形式交织在一起。

阿代拉伊德百无聊赖，她没有什么可失去的，恰恰相反，她需要摆脱这时间，空荡荡的时间，过剩的时间，这些她不知该怎样打发掉的时间。她打开了她的音乐播放列表，依然是艾蒂安·达奥。她淋了浴，化了妆，在落地镜前试衣服。玄关处她可后退的余地极小，她穿着短裤跳来跳去，撞到了小脚趾，骂了好几声娘。最后她选了一件小黑裙，线条流畅，有细细的肩带，胸口开得很低，衬托出腰围，裙摆落在膝盖处。她洒了些迪奥"毒药"香水，是一九八五年原始版，不是后来那些给小女孩用的甜腻改良版。她选了一双小高跟凉鞋，梳了个高高的发髻，戴上一对大圈圈耳环。她在手包和小挎包之间犹豫不决，她还不知道要去哪里，所以选了小挎包。她从门厅中挣脱出来，锁上门，按了电梯。外面的空气更凉爽，但每一次呼吸都留下一阵灰尘的余味。就算现在是世界末日，阿代拉伊德也不会在乎的。她行走着，如同溺水一般，现实仿佛已经不复存在。她活在自己的故事里，她无所畏惧，她是自己英雄人生中的一个人物。她拦下一辆出租车，听到自己报出一个时下热门的会所的名字。

她是恍惚着走下出租车的。会所门口，等待的人排着长队。阿代拉伊德先点燃一支香烟，给自己营造氛围。人们都是结伴的，人们都是成对的。阿代拉伊德掏出手机，仿佛拔剑出鞘，装作在通话。她想让自己的身体向他们——这些并没有看她一眼的等待着的人——讲述一个故事。有人就要来与她会合，或者她就要去找某个人。阿代拉伊德就是这么对夜店的门童说的："我跟人有约。"虽然门童也并没问她什么，这是她一个人的剧本。她从楼梯上走下来，眼睛打量着人群，穿过舞池，缓缓踱步迈向吧台。她拿出手机，写一段短信又立刻删掉，摆出一副恼火的神态，等待着被搭讪。她希望听到有人走上前来对自己说："如果他不来，就算了，他不值得。"阿代拉伊德看着男人们，四分之三都比她年轻。阿代拉伊德看着女人们，都是三十岁左右的样子，比她更漂亮。她在吧台点了一杯金汤力，也不知道能做什么。就在这一刻，她恨不得自己死去。她锁定了一个挺着将军肚的四十多岁的男人，她觉得自己有几分希望，毕竟她比他好看。她向他靠近，把自己放进他的视线里。什么都没发生，他的目光穿透她直直向前看去。阿代拉伊德略微提前地感受到了五十岁女性彻底成为隐形人的境遇。就在这一刻，她觉得自己已经死了。她如僵尸般要了第二杯金汤力，毫无意识地喝下去，又接着要了第三杯。DJ在放"新秩序"乐队①的歌，阿代拉伊德站了起来，随着《蓝色星期一》的伴奏起舞，只为了验证她是否已经成为一个社会关系上的幽灵，成为情爱市场上的一块腐肉。

她迈着她最优雅的步伐晃入舞池，摆出一个玩得起劲的女孩的笑容。八十年代重回时尚中心，八十年代，她的年代。她没有预料中那般扭捏，更何况她已经微醺了。她

---

① "新秩序"乐队（New Order），英国摇滚乐队，曲风结合后朋克和电子舞曲。《蓝色星期一》是他们的代表作。

酒精不耐，一般从第一杯马利宝朗姆酒开始，无论喝的是什么，到第四杯她就会吐。她没数自己喝了几杯，但肚子早就如南瓜般鼓胀，再来一杯，再跳跳舞的话，她就会呕吐了。她随着节奏扭腰摇臀，蛇一般晃动着小臂。她努力地建立一种联系，把眼神投向其他舞动的男人眼中。只有两个年轻女人接住了她的目光。她观察那些围绕着她摇摆的身体，没有一具身体是吸引她的，除了一个高个的褐发男子，鹰钩鼻给他一种弗拉迪米尔的神态。阿代拉伊德相信他就是弗拉迪米尔，这世上没有偶然，她要主动安排起来。这支曲子时长七分钟，她知道。她想靠近他，做了个幅度过大的动作，差一点失去平衡。她想笑，但是没有人注意她。没有人，包括弗拉迪米尔也没有。她要再努力尝试一次，她坚持不懈，紧随键盘手的音乐。弗拉迪米尔离开了舞池，曲子还没有结束。阿代拉伊德于是想向他走去，和他攀谈，她自己都不敢相信。当一个人是主角时，有胆量为证。当然啦，她全身大汗，闻起来一股杜松子酒味。那又有什么关系呢？他回答了，他们交谈了，更确切地说，他们互相嚎叫着："你经常来吗？这儿音乐还不错。""你说什么？""你想喝点什么吗？"是阿代拉伊德在向他发问。弗拉迪米尔没听清，阿代拉伊德重复一遍，弗拉迪米尔没有回答。他不认识她，他已经离开了。阿代拉伊德的心被浓重的羞愧填满了。她呆立着，像一尊雕塑，而她的心快要跳出来了。羞愧向四面散开，酸涩又黏稠，很快，她的五脏六腑好像都要化作液体。

关于这个晚上，阿代拉伊德永远也不会对人吐露一字，连对朱迪特、贝朗热尔、埃尔默利娜和克洛蒂尔德都不会说。她去跳舞了，什么都没发生，没什么好说的。她敢于去跳舞，至少她尝试了，然后她发现自己是个透明人。人们踩到她的脚一千零一次，她的身体不能作数，她的身体不被看到。

回家之后，她听着法国文化电台的广播开始卸妆。然后她哭了，有规律的呜咽持续了很久，久得她的脸都青了，睡眠也不能够修复。次日整整一天，她都会戴着一张面具，悲伤的面具，泛油光的黑眼圈。她的皮肤，肿胀而油腻；她的希望，被防腐香料保存。

睡眠中的阿代拉伊德显出了应有的年纪。天气炎热，她的长发上沾满汗水。白发被其他的色彩掩盖。阿代拉伊德做了噩梦，她在墓地上走着，一群僵尸静静地搭上了她，强暴了她，吞噬了她，一切都在寂静中进行。她在挣扎时，头发在枕头上纠结成一团。一缕缕头发缠绕住她的整个脖子，阿代拉伊德在梦里透不过气，立刻醒了过来，说着要自杀的话。

　　这是一朵夹在两页书之间的小蓝花的故事，花朵正在一本货真价实的植物标本集中干枯脱水。阿代拉伊德·贝特尔，一个与众多其他女人并无二致的女人，在四十六岁的时候，目睹自己年轻女孩的光环渐渐消逝。

第三章 我的小小公司

阿代拉伊德被自己惊讶到了，但她确实为重返办公室而松了一口气。曾有一个星期，与她说过话的人不超过四个：咖啡馆的服务生、超市柜台的收银员、同一层楼的女邻居以及她的小狗——一只约克夏犬。朱迪特明天回巴黎，贝朗热尔的归程是今晚。埃尔默利娜要等到下周，克洛蒂尔德三天后回来。阿代拉伊德当然是又打了一轮电话，然而每一次她都很快就撞上了自动答录机的录音。

大卫·赛夏出版社坐落于巴黎的另一端，阿代拉伊德坐975路公交车去上班。这不是最快的路线，但她喜欢这段路程。透过车窗，她看着街区里那些曾经的小杂货店变成了果汁吧，变成了迷你精酿啤酒吧，变成了兼卖二手衣服的素菜馆。她思忖，自己会不会就这样在公共交通工具上与未来的爱人相遇。于是平生第一次，她环顾四周，打量着围绕她的男人的身体。她会突然想象自己正靠在那个褐发小个子男人，或是那个穿牛仔裤的金发高个男人的臂弯中；或是坐在那个穿衬衫查看邮件的五十多岁的男人的膝头。她想象着如果自己与他们一起，会过什么样的生活。他们会住在什么样的公寓里，巴黎的第几区，她会穿什么，他们晚饭吃什么，是谁来洗碗，怎样做爱。她在脑海中描绘着他们高潮时的脑袋，立刻就有了呕吐的心。必须承认，阿代拉伊德让自己害怕了，有一点。她预料到自己会伤心，但不曾想到会是这种疯癫的地步。

阿代拉伊德大步迈向公司，在街上，她已经遇到了几个熟人。大卫·赛夏是一家老牌出版社，地位尚且重要。出版社里有一堆部门，编辑部、印制部、商务部、市场部、媒体部、会计部，还有法务部。核心权力都牢牢掌握在男人们的手里，而女助理就像打字机时代的秘书那样数量充沛。阿代拉伊德想到法国新闻电台做过的一个问卷调查，百分之十四的情侣关系都是在职业生活中产生的，大概七对男女里就有一对。阿代拉伊德自语道，午餐时间，要去公司委员会碰碰运气。而目前，她暂且在电梯里撒撒娇。

阿代拉伊德终于在办公桌前坐下。她的一切物品都完美地待在它们该在的地方。她死去的小暹罗猫赞安诺的照片，她厚厚的备忘录，巨大的笔记本，她的便利贴条。电脑上，她的收件箱被邮件塞满，快要爆炸。阿代拉伊德的工作中，"文学回归季"是最重要的事情，五月她就开始准备。八月底，有超过三百部小说在法国出版，出版社20%到40%的销售额决定于此，同时，文学奖的角逐开始了。大卫·赛夏出版社在这个文学回归季推出了十二本书——九部法国小说、三部外国小说。阿代拉伊德有两位同事、一位上司，她们共同分担这项任务。阿代拉伊德有四部作品要捍卫，有四位作家要保护。其中两位是她自愿选择的结果，她已经着手为他们做宣发了：一位是探险小说家马克·贝尔纳迪尔，还有一位是古灵精怪的夏娃·拉布吕耶尔，今年她出版的是一部乡村小说。这两位，她都很喜欢，也能轻而易举地做出合适的宣传。人们欣赏他们的书，他们本人也是记者们的优质采访对象。马克·贝尔纳迪尔是美丽城[①]的印第安纳·琼斯、能打败七头蛇怪物的海明威、文体更委婉的贝尔纳·拉维利耶尔[②]、一个有着一千件轶事的旅行作家，有一双深邃的蓝眼睛和能把

[①] 美丽城（Belleville），巴黎著名的移民聚集区。
[②] 贝尔纳·拉维利耶尔（Bernard Lavilliers, 1946—　），法国作家、创作型歌手兼演员。

任何他想要的人带到自己床上的不凡能力——尽管他已七十二岁了。

有时，阿代拉伊德怀疑马克·贝尔纳迪尔是个吸血鬼，是个蹚激流、爬火山的超自然生物，永生不死。他最新的一本书叫《这里，巴布亚》，书中交织着游记与家庭小说两条线索。阿代拉伊德特别喜欢马克，总是把他照顾得无微不至，在陪伴他到处参加活动时，把一切安排妥当，确保他永远什么都不缺，尤其是不缺苏维翁白葡萄酒。他今年的目标是龚古尔奖。这是他开始写作以来唯一缺少的奖项。他那部《安娜斯塔西亚，在那里》甚至为他斩获了花神文学奖，那是部短篇小说，记述了他与一个乌克兰妓女的爱情故事，穿插着一些童年回忆和他的家族女性肖像。阿代拉伊德想要见证他的凯旋，若人们听得到躲在天上窥伺的女神的窃窃私语，就知道那是老天钦定的凯旋。

夏娃·拉布吕耶尔十分迷人，她五十七岁，接受记者采访时会穿袖口点缀羽毛的丝绸睡衣。她曾经是演员和歌手。十年前，她开始以写作自娱。她讲故事，享受说故事的乐趣。阿代拉伊德当然觉得她的文笔差劲，但事实是书卖得很好，这一套很行得通。所有人都爱死了夏娃·拉布吕耶尔，当然因为她太迷人可爱，没什么好质疑的。她的专访在大众杂志上占据整整两页，那里有她穿着网球裙和斗牛犬一起摆造型的照片，以及她穿着睡袍跳上床的照片。她的美容仪式尽人皆知。阿代拉伊德异常迷恋夏娃·拉布吕耶尔，她会在出租车里换衣服，会始终如一地把杯中水泼到性别歧视的专栏记者身上，她靠在某个陌生男人臂弯里的照片会出现在名人杂志上，而某个晚上人们会发现这陌生男人是电视真人秀的冠军。她的书以迥然不同的地点与环境为背景：马赛的贫民区啦，里昂的市中心啦，韦科尔山中啦，南特的居民区啦，而最近，她的《爱情啊，哪怕在昂格吕尔》又讲述了一个小乡村里的故事。然而，不得不承认，这一切构成了对阿代拉伊德来说最主要的问题：故事永远是老一套。一个身陷困境的年轻女孩，因友谊与工作给予的双重力量，也因爱情的魔力，终于走出阴影。女孩们大多是孤儿，基本都是变态自恋狂和厄运受害者，故事要不就是女孩在马赛被下了麻药，惨遭强暴，却嫁给一个格勒诺布尔的药剂师，要不就颠倒过来。在做宣发时，阿代拉伊德经常把人物混为一谈，但从未有人发觉。阿代拉伊德有四部作品要捍卫，有四位作家要保护。剩下两位没能马上介绍，一个紧急会议要召开，整层楼都陷入了惶恐。编辑和媒体专员都被出版社社长传唤到吕邦普雷会议厅。

夏娃·拉布吕耶尔感觉不太好。这个夏天她与朋友们在富人云集的雷岛度假屋里避暑。那些朋友，她已经在充斥着势利精英知识分子的巴黎圣日耳曼德佩区见过，那些脸庞是友好的，但距离感也是泾渭分明的：她不属于他们的世界。夏娃的编辑叫厄内斯特·布洛克，从业已二十年，对突发状况早已习以为常，但这一次他看上去异常惊慌失措。夏娃觉得自己被看扁了。她再也受不了那些拿一篮土特产当奖品的文学奖了，再也不满足于接受那些关于绝经的采访、上那些搞笑节目、被邀请去那些换装晚会了。她要上法国文化电台，要上尖端文化杂志的封面，要在"诗歌之家"开朗读会。阿代拉伊德看着厄内斯特·布洛克的嘴唇，他的每一句话都让她饱受煎熬。

社长叫马修·库泰尔，他是来解决问题的。马修于是掂量了一下事态轻重，问夏娃的书卖了多少册。厄内斯特·布洛克回答："大概四万五千册。"马修·库泰尔即刻变得面无血色，他右手手掌拍打着桌子："得想办法，不能再这样下去了！"阿代拉伊德觉得自己仿佛身处刑场，血液瞬间凝固。"找一个解决办法出来，是你们媒体部的事情。"阿代拉伊德的三个同事颤抖着,而厄内斯特·布洛克又加了一句,仿佛垂死之人:"而且,她还想得一个文学奖。"马修·库泰尔的脸颊变得和桌子一样惨白。而阿代拉伊德,她想着:"为什么不要一匹小马驹呢?"

大卫·赛叟出版社的文学回归季就这样开始了。现在是十一点十五分,可阿代拉伊德的身体内已经过了一千五百年。在给夏娃·拉布吕耶尔打电话之前,她得部署好一个策略。为了部署策略,她必须全神贯注。当然啦,这是不可能的,开放式办公室使她不得不蜷缩在自己的桌子底下打电话,但原因也不止于此。阿代拉伊德脑袋高速转动,在持续不断的喧哗声中快速思考着。突然,她接到一个电话,是史蒂夫·勒马尔尚,他刚出版了自己的第一本小说。阿代拉伊德没有主动选他的作品做宣发,但当然啦,她以开放的心态去喜爱他的作品。史蒂夫二十五岁,刚离开妈妈独自生活,主业是程序员,个人魅力大概可以比拟一只死水獭,这是摄影师来给史蒂夫拍照时,阿代拉伊德想到的。他像一只死水獭,或者一辆玩具汽车。幸好,他的书比他本人好多了。《最后的回忆》写了一个老人为了保住小孙女的眼睛,像人贩子贩卖器官一样贩卖回忆的故事。史蒂夫想知道他能不能登上那些为四十五岁以下的年轻读者打造的杂志,有没有机会登上一个著名日报的版面。阿代拉伊德回答道,一个科幻小说网站和一个叫"超级极客"的博客打电话来想做他的专访。他们紧接着讨论了这个世界的不公,这个圈子里残酷和耐心的益处。现在是十二点半了,而阿代拉伊德的身体仿佛早已不存在了。但她清楚地知道,所有的这一切,比起她三天之后要一一面对的,都不值一提。

第四章　毫无疑问

阿代拉伊德有四个亲密女友,是在魔法仪式上召唤五大元素的理想数字。朱迪特是记者,她的领域是音乐,她在广播电台有自己的专属频道。从小一起长大的贝朗热尔是一家银行的分行经理。埃尔默利娜是大学老师,专业是二十世纪艺术。克洛蒂尔德是作家,十六年来,她的作品一直由大卫·赛夏出版社发表,但负责她作品的编辑和夏娃·拉布吕耶尔的不是同一个。克洛蒂尔德的编辑叫纪尧姆·格朗吉瓦,一个四十多岁、和蔼可亲的男人。他专门负责出那些稍显怪异、不符合传统小说标准的作品。一些并不真正讲故事的书,一些以诗性的碎片、以艺术装置来讲述故事的书。

纪尧姆·格朗吉瓦编辑的书的销量,比起由老厄内斯特·布洛克和他的三个男同事——这四个阿尔法男共同负责的一系列丛书,明显要差得多。其中,阿里·戈沙姆和保罗·塞夫兰，是两个自命不凡的五十多岁男人，他们负责的文学书籍是让大卫·赛夏出版社得以声名在外的基础：曾经的现代文学，如今的当代文学，文体风格精益求精，有时甚至讲究得过了时，能嗅出十九世纪的味道。还有一个侦探小说专家：克罗德·圭里尼，外号"杀手"。另外，就是手下一堆名作家、发行量一向惊人的厄内斯特·布洛克，他挺着将军肚，秘密管理着一支影子写手部队。阿里·戈沙姆和保罗·塞夫兰是文学系列的守卫者，他们对纪尧姆·格朗吉瓦总怀着一种父亲面对调皮又早熟的孩子所特有的仁慈。对纪尧姆·格朗吉瓦的奇思妙想，他们总是十分好奇，当然啦，纪尧姆对他们远远构不成真正的威胁。

于是，纪尧姆·格朗吉瓦仿佛是在管理大卫·赛夏出版社的一个实验基地。老板马修·库泰尔很看重这个基地，但厄内斯特·布洛克无法接受。厄内斯特·布洛克与纪尧姆·格朗吉瓦彼此憎恨，相互蔑视。布洛克宣称自己为出版社赚的钱都用来供养一个舞女了。是的，布洛克把纪尧姆·格朗吉瓦称为舞女，阿代拉伊德亲耳听见了。而纪尧姆呢，每一次布洛克编辑的新书出版，他就要嚎啕些什么出版社的光环越发黯淡啦，关于因果报应的业果啦，文学在这个出版社已经死去啦，出版社已然变成印刷厂啦，形象不再啦之类的哀叹。阿代拉伊德也常听见纪尧姆这么说。这个文学回归季，夏娃·拉布吕耶尔与厄内斯特·布洛克站在同一条战线上，而克洛蒂尔德·梅利斯则捍卫着纪尧姆·格朗吉瓦的荣誉。阿代拉伊德的心里清楚，这是一场荒唐的斗鸡，而她被卷入其中，更感绝望。

到目前为止，负责为克洛蒂尔德的作品做宣传的人一直没有变过，不是阿代拉伊德，而是另一个如今已退休的员工。让阿代拉伊德来负责克洛蒂尔德的宣传工作，原非她们的本意，阿代拉伊德不愿意这样做，克洛蒂尔德也从未有过这个想法，这是纪尧姆·格朗吉瓦的主意。阿代拉伊德很机灵，她以擅长突破困境出名。她和克洛蒂尔德认识超过十六年了，在格朗吉瓦看来，这是个货真价实的额外优势，是个能让阿代拉伊德全身心投入的第二重保险，她会为朋友而战，会非比寻常的积极。克洛蒂尔德是个会给宣传工作增加难度的作者，她的作品叙事线条并不一直流畅，读者经常会摸不着头脑。克洛蒂尔德撰写自传体实验小说，主角总是她自己，屡屡如此，更加重了读者的不适感。她的写作风格鲜明，有一小部分读者忠实地追随她，但是媒体呢，恰恰相反。书评家不喜欢她的书，关于她的报道也甚少。在电台方面则要顺利得多，克洛蒂尔德总能发挥自如，不时开几个玩笑，她总是不断重获邀请。

克洛蒂尔德是在二十年前那本《定时器的啼哭》出版时小获声名的，从那以后，她出版新书的节奏就再没停止过。《乔科波，我的爱》《痛苦大富翁》《感谢你们不生孩子》《我住在冰箱里》。二十多本与她本人的冒险经历相关的书，那些她把自己当小白鼠做试验的记述。这个文学回归季，她的最新作品叫做《十二号女先知们》，她讲述了自己是怎样与一群布列塔尼的女巫一起，却未能阻挡世界末日的故事。阿代拉伊德不堪重负，她帮不了克洛蒂尔德，她会眼睁睁看到克洛蒂尔德伤心欲绝。格朗吉瓦会一蹶不振，而厄内斯特·布洛克会趁机窃喜。虽然，夏娃·拉布吕耶尔会让他抓狂。厄内斯特·布洛克绝对管不住夏娃，阿代拉伊德对此十分确定。但阿代拉伊德最关心的还是克洛蒂尔德。克洛蒂尔德满心期待着一些重要的事在她的生命中出现，四十七岁的克洛蒂尔德，已经把前半生抛在了身后。

阿代拉伊德心里清楚，克洛蒂尔德对这次文学回归季倾注了诸多情感。两年来，克洛蒂尔德孑然一身，没有爱人陪伴。双性恋并未让她坠入爱河的机会加倍，双性恋给所有人带去了不安全感；更不要提随着年岁渐长，克洛蒂尔德越来越臃肿了。她还固执地穿着皮草，看起来像一个失去意识的食人魔。阿代拉伊德很担心媒体界的反应，她先去探了探口风，没有人对《十二号女先知们》感兴趣。埃尔默利娜在电话里明明白白地告诉她：克洛蒂尔德在用自己的过度活跃填补孤独，如果她现在无所事事，她会让我们大家都抑郁的。阿代拉伊德知道这是真的，但也束手无策。没什么能打破文学批评界的沉寂，她全都尝试过了，但凡提到克洛蒂尔德的名字，随之而来的就是死一般的寂静，像是天使在午餐时突然飞过，让所有声响戛然而止。

阿代拉伊德可以把克洛蒂尔德包装成一个真正的女巫，用尽自己的人脉。那些在自己的媒体中谈论着夏娃·拉布吕耶尔的人，他们会写到，在巴黎有一个女巫作家。克洛蒂尔德会穿着巫术仪式服入场，在奥林匹亚山追随莉莉丝的七个女神的祭台前，她手握仪式刀，在小锅炉的上方割下白色的鼠尾草。阿代拉伊德想着可以做些采访，上电视台，在网上造出些声势，但立刻又改变了主意。克洛蒂尔德绝不可能接受自己作为一个狂欢节奇景出场，永远没得商量，而她的那些巫术崇拜一定不能为外人所知，这一点，埃尔默利娜也提醒过她。

埃尔默利娜今年三十一岁。同样是一个人生活，对埃尔默利娜而言这是她的主动选择，她的孤独与她的猫，都是生活必需品。埃尔默利娜曾迷失在一段持续三年的有毒关系中，对方是一个才华横溢却神经过敏的莫妮克·维蒂格研究专家。自从六个月前她们分手之后，埃尔默利娜就发誓要完成《芭芭雅嘎》这本书，她要求自己单身，并且自主。和阿代拉伊德正相反，埃尔默利娜没有那些情感依赖的问题。埃尔默利娜的情感关系都由激情驱使而起，她没有被抛弃综合征的困扰。而阿代拉伊德自八岁起就成了孤儿，她的父母开车去参加聚会，再未返家。自此以后，阿代拉伊德就在等待他们的回归，根本由不得她自己控制，每当门铃意外响起，她的反应就是父母回来了。现在，阿代拉伊德和埃尔默利娜成为朋友快十三年了，她们是在克洛蒂尔德的阅读分享会上认识的。两人每天都会通电话，除了埃尔默利娜去徒步旅行时，就比如这个夏天。

埃尔默利娜无比清楚那把她的女朋友们都压得喘不过气来的焦虑是什么，是关于她们人生下半场的故事。她知道这和四十岁的中年危机不同，四十岁危机，所有人都胸闷气短，要做一大堆蠢事，所有人都要竭力证明他们仍然活着。而这一次，没有什么事情爆发，一切都在慢慢溶解。埃尔默利娜比她们都年轻许多，却富于同理心，朋友体验到的，她也感受到了。她感觉到了一种因自己的女同性恋身份而侥幸逃脱的可怕现实：朋友们统统受制于男人对女人的欲望，可如今，这欲望越发微弱。埃尔默利娜感到气恼，觉得这一切让人羞愧。不久前，她开始目睹女友们的诱惑力逐渐减弱，她无法否认这一点，这个小群体里的每个人都是。朱迪特四十八岁了，眼睫一眨就能约定名人采访的时代已成为过去。贝朗热尔四十九岁，不得不迁就那些她越来越不满意的男人。克洛蒂尔德和阿代拉伊德四十六七岁，已经被当作过期商品看待了。目前埃尔默利娜还没遇到这种情况，然而男人对于女人的控制如此之深远，让她倍感折磨，她对着电话筒喊道：这是绝对的不公正。随后又甩出一句话来诅咒父权社会。

阿代拉伊德挂了电话，坐在家里唯一的桌子旁，她感到局促，她真想去死。这种状况越来越常见了。阿代拉伊德想到了克洛蒂尔德和她的新书。克洛蒂尔德刚刚回到巴黎，阿代拉伊德还不敢给她打电话。克洛蒂尔德要为应对最坏的局面做精神上的准备。她要面对寂静，面对缺席，面对藐视。在阿代拉伊德的头脑中，那些阻碍不断显现，她看到了，并把它们一一列出来。她也想到夏娃·拉布吕耶尔的新要求，想到领导的期待，想到压力的化身，她的五脏六腑收缩在一处，肠道纠结成一团，她提高声音自问：我到底该怎么办啊？

此刻是晚上九点，当她还有男友时，这个时候她会站在洗碗机前。晚上七点四十五分时，会在烤箱前，再迟一点的时候，会在正播放的电影和洗衣机前来回往返。今天，她孤独而自由，吃着一盒芝士味薯片当晚餐，研究着她 Facebook 上的故事线。她还不习惯用 Instagram。她不太会拍照，她只为自己做了音效回忆，用一连串声音，很少的图像。她审查着 Facebook 上那些不认识的人，想着自己会对谁产生兴趣。毫无疑问，一无所获。不过至少，晚上十一点如期而至。

阿代拉伊德睡着了，她做了个噩梦。马克·贝尔纳迪尔让她骑上了一头骆驼，夏娃·拉布吕耶尔赤身裸体地躺在一口巨大的锅中，四肢放松，仿若躺在按摩浴缸里。克洛蒂尔德消失了，阿代拉伊德四处寻找。她所有同事都在一场盛大的宴会里跳着舞。厄内斯特·布洛克和纪尧姆·格朗吉瓦在比试着跳嘻哈舞。文学批评家们分组坐在长凳上，面前是一大锅炖胡萝卜。所有人都在寂静中吞食着，咀嚼着，时不时扮个鬼脸，觉得食物调味过于重口。马修·库泰尔出现了，戴着高高拱起的厨师帽。克洛蒂尔德消失了，她的一小簇刘海儿在铸铁锅上漂浮。阿代拉伊德醒了，吞下一片抗焦虑的药片。

第五章 地下数学

埃利亚斯用十五天就找到了新伴侣。阿代拉伊德多希望自己也能遇见这种事。阿代拉伊德听从女伴们的一切建议，但不包括贝朗热尔坚持己见地使用线上交友那一套。她穿着最得体的衣装，出席每一场职业酒会，毕竟整个秋天这种机会络绎不绝。然后她又急急迈入那些或多或少算得上很时髦的会所，她通过朱迪特认识的DJ会在里面打碟。她在那里与不同年龄的男人相遇，有些会与她很契合，但同样的情节总是重复上演：她稍微离开一会儿，男人就被别人吸引了去。她回家时总会感到恶心，有时会把喝下去的金汤力吐出来。

阿代拉伊德对这些数字了然于心。在法国，20岁到64岁的人口中，17797310个男性，18436179个女性，数字来源于国家统计局。女性数量更多，竞争无比残酷。她刚在报纸上读到一篇文章：在巴黎，单身女性的人数比单身男性多出13700个,达到历史新高。13700的多出,13700的过剩。阿代拉伊德觉得自己就像过剩的食品,她是她们中的一员,她的眼前浮现出这些女性,她属于这个人群,13700人,足以填满贝济耶的斗兽场。

这13700个女性囊括了各个年龄段。从很快会组建家庭并从这数字中消失的年轻人,到从未生育过、没有退休金而在地铁里乞讨的孤单老人。阿代拉伊德突然担忧起自己的未来了。她仿佛看到三十年后的自己,衣衫褴褛地在沙罗讷地铁站唱着皮雅芙①的歌,这数字萦绕在她心间,这数字将她审视,13700个活生生的人,贝济耶斗兽场。阿代拉伊德很清楚这灾难涉及面之广阔,这考验之残酷。她是这么多人里的一员,为了从中逃脱,必须被选中。必须让弗拉迪米尔的手把自己从人群中拽出来。

阿代拉伊德是勇敢的,或者说她试着乐观面对一切。她对自己说,在这13700个女性中,她没有算上女同性恋的数量,在巴黎,女同性恋的数量还是相当可观的。所以,当我们除去几千个女同性恋,再去掉那些压根不想让男人在自己生命中出现的女人,也许就能得到一个低得多

---

① 艾迪特·皮雅芙(Édith Piaf, 1915—1963),法国著名且受众人爱戴的女歌手之一。

的数字，大概就是能填满巴黎音乐厅的人口数字。对，大概就是填满奥林匹亚剧场人数的两到三倍的数量。即便如此，她看到自己置身于那凹陷的剧场之中，仿佛突然成了自己人生的旁观者。

阿代拉伊德觉得自己处于男人的目光之外，建构在男人欲望之上的另一层。如今，她成为一个过期商品，衰老向她袭来，而她不得不服从。她多希望自己是个女同性恋，她狠狠地诅咒着她的性取向。阿代拉伊德感到一种愤怒，她多希望自己不需要二人世界。她多希望自己自立自主，百分之百自我完善。可是，这缺失感压弯了她。这个晚上，孤独感压迫在她身上，仿佛一只装满了小猫、要被丢进河中的袋子。没有人想着她，她也没有想着任何人。她在活着时，对这世界而言，就仅是一份回忆了。仅仅因为这缺失，仅仅因为爱情的空缺就感到脆弱，没什么比这更让人觉得羞辱了。在这眩晕之后，阿代拉伊德感受到了各种形式的羞愧。这羞愧让她的喉咙中发出了一丝似哭非哭的呜咽声。

阿代拉伊德查看着那些数据。在法国，14%的非单身男人在职场遇见了自己的另一半。12%通过其他方式。11%在朋友的私人聚会上。10%在学习场所。10%通过婚恋网站或是交友软件。9%在酒吧或者餐馆里。7%在舞会上，在公众庆典上。6%在夜店里。5%在公共场所，在街上，公园里，树林里。4%在体育运动场合。4%在家庭聚会上。2%在文化活动、政治集会或是协会活动中。1%通过中介或者刊登征偶启事。1%在结婚或订婚庆典上。1%在商业活动中。1%在与职业活动相关的场所，研讨会啦，讲座啦，沙龙啦。1%在文化、政治或体育集会的场合。1%在公共交通上，巴士啦，出租车啦，火车啦，飞机啦，等等。

阿代拉伊德自问，这12%的"其他方式"的相遇究竟是什么。只剩面包店，或者大麻交易场所了，除非他们也把自己划为商业活动区域。阿代拉伊德自问她会在哪一段百分比中脱离单身。她没有家庭，不做运动，更对那些商业画廊痛恨不已。在工作之外，她没有任何文化的、政治的，抑或社会协会的活动。她像拒绝皮条客那样拒绝婚恋网站，一旦人们在公共场所向她提起，她就狐疑不已。阿代拉伊德希望成为某个人的女伴，希望融进统计数字中，成为因为被某个男人遇见而与其组建二人世界的女人。这个晚上，阿代拉伊德，实实在在地绝望了。看着她如此痛哭，可能是一件令人心碎的事。

阿代拉伊德穿着内裤坐在床上，给腿涂上保湿霜，一个再日常不过的姿势，不过看似一切都是徒劳。她计算着在自己的生命中，共有多少男人抚摸过这具身体。总数达到16。在法国，根据Doctissimo网站调查，平均数值是13.2。阿代拉伊德自问，什么时候，还会有新的手掌放在自己腰间的赘肉中。有没有一个男人，在这座城市这个国家的某个地方，会对这具身体产生欲望。她起身，撞到了头，然后站在镜子前。她的胸脯还没有下垂。她没有孩子，她的90B的胸脯还骄傲地挺立着。其他的部分，怎么说呢？她穿40码衣服，腰还算细，骨盆开始扩张。她的肚子不算小，她给自己买过束身衣，但只穿过一回，在那束身衣里，她无法呼吸，无法坐下，几乎要晕过去。阿代拉伊德·贝特尔，她的身体与曾经已截然不同，她需要节食。在法国，10个女人有7个，而10个男人有5个，希望减轻体重。这是国立卫生医学研究所的报告。10个女人中有7个，而2个男人中只有1个。然而男人也有赘肉。标准是不同的，一个肥胖的男人，依然会十分自信。阿代拉伊德自问，在此时，在这座城市或是在整个国家，有没有一个男人正在某处对镜自照，问自己同样的问题，自问他的身体是否诱人。阿代拉伊德的结论是，当然会有，甚至不止一个男人，但统统都是同性恋。

阿代拉伊德陷入沉思，任回忆淹没自己。阿代拉伊德被爱过九次。她和其中六个幸运儿同居过，和其中几个维持了很久的关系。阿代拉伊德计算着她与别人成双成对度过的时间，从她的第一个男友到最后一个——也是她唯一的丈夫。她算出的真实结果，是她二十七年的人生。而这数字立刻让她脚下的地板裂开，划出深渊。阿代拉伊德边重复着"九次"，边想着猫的九条命，肌肤被热烈爱抚的资本已然耗尽。在她的肌肤之上，再不会有爱情了，只会有黑色素瘤的抚摸。也许，一切都结束了，阿代拉伊德总结道。她清楚被爱意味着什么，她曾经那么频繁地被爱过，然而被爱也没拦住她每一次的离开。厌倦，是阿代拉伊德的敌人。那些男人没什么可指摘的，那些被她抛弃的中选者。除了厌倦，对男人、对情感关系的厌倦，她已经都体验过一遍了。阿代拉伊德一点也不惋惜，那时她只是害怕将要到来的日子，她知道她很可能与他们再无话可谈。

在她一米二宽的小床上，阿代拉伊德自问她有多少个星期没有做爱了，而再过多少个月她就要采用贝朗热尔的狩猎模式了。为性而性的经验，她从未有过什么美好的记忆。更不要提有两次她直接在事后吐了。阿代拉伊德自己有个高效的情趣小玩具。她在心里记下：要预备电池了。

阿代拉伊德在接下来的日子里一直伤心着。烦恼把她压垮，忧伤使她沉重。每当她在街上、在地铁里、在公交车上与一对情侣擦肩而过时，她的心就像被一枚薄薄的铁制刀片划破一样。阿代拉伊德担心自己会被醋意吞噬，担心自己会最终变成那些女人，那些自称"未婚小姐"但被别人叫做"老小姐"的女人。她们的灵魂咸涩发苦，她们的笑容消失无踪。阿代拉伊德害怕自己会变得对所有人充满妒意，她惊讶地发现，当自己看到那些外表完美的陌生女人时，会在心中默默分泌酸水，会听见自己心中不断回响的声音：为什么不是我呢？

阿代拉伊德搜索着手机上、社交网络上人们的分享。她的靠枕摆得不恰当，她的头很痛。一种感觉愤慨着，另一种则煽动着妒忌。每一张照片上，客厅都很美丽，孩子都古灵精怪，猫都让人爱不释手。阿代拉伊德多想闯进那些照片里，把客厅糟蹋一番，挖出小孩子的眼睛，把猫绑架了。阿代拉伊德，在生命中第一次，想要过他人的生活。

这是一朵被人从花盆中拔起、从此再无根系的小蓝花的故事。广口瓶里的心，被斩断的蜀葵。阿代拉伊德·贝特尔，一个和其他女人并无二致的女人。她从此要学习孤独的滋味，如同那流落异乡的人要学习新的语言。

第六章　赛马之歌

阿代拉伊德怨声连连，她的生活死水一潭，她似乎不是自己生活的女主角。九月挺胸而至，阿代拉伊德跃上其背，披甲上阵，从此，她就要以女战士之姿，奔驰着穿过文学回归季。赛马的隐喻在这样的语境中恰如其分。文学回归季，是一场赛马。每个出版社都是一个养马场，作家们小跑着，记者们设置障碍，战利品与奖金陈列着，而看台上的人打赌下注。至于奖杯，就是那条缠绕着封面、标注着奖项名称的大红色腰封。阿代拉伊德看见自己穿着骑师服。是她驾驭着夏娃·拉布吕耶尔，让她妥帖地奔驰在自己的赛道上。是她鼓励着马克·贝尔纳迪尔一声不吭地穿梭在十一个广播访谈中。是她把代表艺术之神的苹果递给史蒂夫·勒马尔尚。是她帮助克洛蒂尔德从沉默中突围，不久之后还要帮她从一篇可怕的评论中突围。有篇文章把克洛蒂尔德当成了疯子，阿代拉伊德心知肚明，她早已被提前告知。克洛蒂尔德大概不能跑完比赛的全程了，可能跑完第一轮就要被清出赛马场了。目前，在大卫·赛夏出版社，九本法国文学领域的书籍在这次文学回归季中面世，其中四本曝光率颇高。而很快，就只会剩下两本。阿代拉伊德希望马克的书是其中之一，而阿代拉伊德也会拯救克洛蒂尔德，对此，她已经着手准备了。

九月中旬临近，节奏越发迅速，仿佛一台离心机，谁追不上谁就会被甩出去。当阿代拉伊德的处女作小说家史蒂夫·勒马尔尚问自己能否在某个大型周刊上获得一篇评论文章时，阿代拉伊德回答说，某个知名作家在自己的 Facebook 账号上谈论自己的书，获得 116 个赞。她又对史蒂夫·勒马尔尚补充道，他仍然有获得"第一百一十一页奖"[①]的机会，她重读了他小说的第 111 页，写得很好。

夏娃·拉布吕耶尔呢，把她自己和她的编辑厄内斯特·布洛克的日常生活，都变成了货真价实的人间地狱。阿代拉伊德没办法让奇迹降临。一个媒体专员可以是作家

[①] "第一百一十一页奖"（Prix de la Page 111）是一个创立于 2012 年的文学奖，以小说的第一百一十一页为评选标准，被称为"最不可思议的文学奖"。

们的"神奇保姆"玛丽·包萍①，但在记者面前可做不了仙女教母。阿代拉伊德没办法让夏娃脱胎换骨，变成文采炫目的作者。即使夏娃在这场文学回归季改头换面，把羽毛外套换成了严肃的短上衣、戴上了眼镜、头发梳成发髻。阿代拉伊德没法更换书的内容，没法对所有评论家施展失明术。虽然她确实在尝试一种极为古老的神秘配方，乳汁加莲子。就这样，夏娃得到了一家保守派报纸上的一段简短好评，和一本健康杂志上关于温情治愈系小说的两页评论。阿代拉伊德无比顽强，她不断寻找着隐藏的入口，试着撬开评论家紧闭的大门。《爱情啊，哪怕在昂格吕尔》的故事发生在法国乡间，有许多关于田野、森林、树叶、野狗和野鹿的片段描写。在生态环境摇摇欲坠的时代，读者们都对大自然心驰神往。阿代拉伊德成功地在一部生态学周刊上拿到一个跨页，在一份好评连连的日报上争取到一篇文章，在一份生态小报上为夏娃夺得四页报道。

---

① 玛丽·包萍（Mary Poppins）是1964年美国同名歌舞电影（中文名译作《欢乐满人间》）中的人物，是一个拥有超凡能力的仙女。1910年的伦敦，在一户夫妻都忙于事业而无暇照顾孩子的中产阶级家庭里，玛丽·包萍做起了保姆，用她的神奇力量照顾两个孩子。

马克·贝尔纳迪尔的情况则恰恰相反，他的每一天在光彩时刻和妙不可言的装腔作势中度过，他在广播中、在电视里，尽情施展魅力，降服新闻界。只要条件允许，阿代拉伊德就会陪同他参加活动。这是让人迷恋的小插曲，也是向记者们谈论她麾下其他作者的好机会。同时，她也能在广播电台的走廊上偶遇其他部门的熟人。阿代拉伊德是个机灵人，她很快就让一个听众广泛的栏目邀请了克洛蒂尔德。这周的主题是：各种宗教，你是支持还是反对？克洛蒂尔德多种宗教仪式实践者的履历引起了广播节目组的兴趣。克洛蒂尔德会在一个半小时里，谈论她记录在《十二号女先知们》里的经验。

九月中旬临近，气压不断高升，在吕邦普雷会议厅里，编辑们汗流浃背，而媒体专员们则剑拔弩张。每个人都有自己精心养护的小马驹，但千万别忘了，所有的马都在同一个赛场里奔驰。媒体的空间有限，阿代拉伊德和她的同事们处于直接竞争之中。好在所有人都明白，不管情况如何，时间的车轮会一直滚滚向前。但今年，因为新来的安-玛丽·贝蒂荣而有所不同。办公室生涯总是难以避免一个无情敌人的存在，像是格格巫要陷害蓝精灵一般，紧追着你不放，阴魂萦绕着你不散，一踏进公司大门，她的一切存在都在暗暗谋划该如何摧毁你,并且确实正在摧毁你。自从安-玛丽·贝蒂荣六个月前来公司,她就成了阿代拉伊德的每日酷刑。阿代拉伊德给她取了个外号叫"猪脸毒蛇",因为她能一边四处嗅闻,一边散毒。

在这个文学回归季,"猪脸毒蛇"负责宣传一个与马克·贝尔纳迪尔竞争奖项的作家,他叫让-皮埃尔·图维尔,做过战地记者,从1987年开始以小说为体裁撰写回忆录。他的上一本书,《伤痛之子》,差一点就夺得龚古尔高中生奖。而今年,他出版了《痛苦,我写下你的名字》,媒体争相报道,却对阿代拉伊德手头的作家关上了大门。《没人听》这个节目,马克·贝尔纳迪尔不会上,至少今年不会上。这个卖座脱口秀很少请作家出席,可是他们今年邀请了让-皮埃尔·图维尔。马克·贝尔纳迪尔只会平静地说故事,而让-皮埃尔·图维尔却会在讲述自己的历险时泪如雨下。"猪脸毒蛇"心知肚明,并且已经在吕邦普雷会议厅里炫耀起来了。其实,《没人听》这个节目,阿代拉伊德每一年都会陪着夏娃·拉布吕耶尔出席。但对她的敌人来说,这可是件了不起的大事。阿代拉伊德等着她们部门的头儿悄悄提醒安-玛丽:"去问阿代拉伊德吧,她会告诉你节目是怎样做的。"但安-玛丽·贝蒂荣的快乐还是如期而至。节目上的让-皮埃尔·图维尔会令人动容，摄像机会恰到好处地抓拍到他的泪水，而商务部会将这一切镜头储存妥当。

九月中旬意味着什么？奖项的初选名单。为了让夏娃·拉布吕耶尔——对，威胁着要换出版社的夏娃·拉布吕耶尔——满意，她的编辑厄内斯特·布洛克四处奔走。差不多三周前开始，他就马不停蹄地邀请评委们共进午餐，这一举动给他的回报是：高胆固醇，令人胆战心惊的报销单，还有他的上司马修·库泰尔雷霆万钧的训斥。阿代拉伊德呢，她瘦了。她常常略过午餐，就像旧时代的侍女陪伴贵族小姐那样，陪伴她的作者们，她吃得既少又糟。而晚上，常常有鸡尾酒会啦，高雅社交宴会啦，去了总归有好处的某个作者的朗诵会啦。当她回到家里时，就万分享受那安宁。几个星期中，阿代拉伊德承认单身还是有其便利性的。和埃利亚斯在一起时，她很少出席职业性的社交场合，只是去一下每年的工会集会。现在她再也没有了个人生活，工作效率比之前高了不少。不过她可能投入得稍稍过了一些。每个夜里，她都梦见马克·贝尔纳迪尔拿到了龚古尔奖，而她用斧头剁掉了安-玛丽·贝蒂荣的四肢。

阿代拉伊德是个机灵人，为了把克洛蒂尔德从不景气的境遇中拯救出来，她想到了社群的概念，于是立即想到了 Instragram 网红们。如今什么书都比不过一本被网红大 V 摆拍的书，滤镜下闪着光的封面，旁边挨着一只猫，或是一副刻着名牌 logo 的眼镜。"要接近那些网红，要说他们那一套话术，要拍照，要让克洛蒂尔德做出女巫的造型。"这就是市场部的赛尔玛提供的建议。听到"市场部"这个词，克洛蒂尔德差点拿出武器，所以阿代拉伊德只能要个小计谋。这事儿，她和朱迪特聊了聊，朱迪特与丈夫和女儿一起住在一套美丽的两居室里，客厅木地板上刻着一个五角星符号，又被一张厚厚的地毯遮盖住。她们要一起，共同完成一件作品。阿代拉伊德和朱迪特，向市场部的赛尔玛和克洛蒂尔德同时定下了一场女孩之间的美妙夜晚。克洛蒂尔德完全像阿代拉伊德一样，无比憧憬。这会是大家敞开心扉、亲密无间交谈的美好时刻，而可卡因的质量也非比寻常。正是这样，在凌晨三点五十二分，赛尔玛拍摄了一系列克洛蒂尔德穿着女巫服作法的照片，她手持匕首，在一口小魔法锅的上方割下一丛鼠尾草。明天赛尔玛就会把这些照片放到社交网络上，打上 # 所有女性的魔法这个标签。而阿代拉伊德呢，会让她加上 # 表演。这条消息将只会有一个迷恋时尚的十几岁女孩转发，并加上#日式晨衣太有品的标签。克洛蒂尔德会暴怒，又会有一点儿沮丧。其实愤怒对她有利，因为那份让阿代拉伊德担心的可怕报道刊登出来了，在一份面向二十五岁到四十五岁读者的杂志上占了四分之一页。愤怒让克洛蒂尔德能够接受打击，她会依然站立着，浑身紧绷，活力十足。评论只有一个角度，《十二号女先知们》的作者已经精神错乱了，克洛蒂尔德·梅利斯疯了，已经被关进了医院，我们有足够的理由相信大卫·赛夏出版社已经成了一家日间精神病院。评论也阴险地暗示了克洛蒂尔德渐增的体重：克洛蒂尔德的文风自《定时器的啼哭》开始就越来越臃肿。这篇文章，配上了一幅猪小姐佩姬头上扣着漏斗大叫的插图。阿代拉伊德十分害怕克洛蒂尔德会突然涌起自杀的念头，她曾因为比这篇文章要轻微得多的事情产生过这种念头。而且今晚，克洛蒂尔德要在众多已经读过这篇文章的人面前朗诵自己的作品。克洛蒂尔德会对此不发一言，但是她设法弄来了一张批评文章作者的照片，还有红蜡烛和十三条肥鳝鱼，用来作法诅咒。

九月十五日的那一周如暴雨扑打在所有人身上，如马修·库泰尔拍打在桌子上的手掌，发出沉闷暗哑又再熟悉不过的声音。探险者马克·贝尔纳迪尔和报道者让-皮埃尔·图维尔都进入了龚古尔奖的初选名单。在吕邦普雷会议厅里,"猪脸毒蛇"挑战着阿代拉伊德的眼神,再用一副看似忧虑的神情说道:"马克昨天醉得不省人事,我听说他在书店里呕吐了,他适应不了这种节奏,我真的好担心啊。"阿代拉伊德忍受这重拳出击却要保持姿态,同时她不断想着克洛蒂尔德比这糟糕得多的近况。她简短地回答:"和以前一样,只是以前你不在公司。""猪脸毒蛇"退出斗争。上司马修·库泰尔开始总结要点:费米娜奖和美第奇奖的初选名单上,都有他们的作者。"三千万朋友"①的初选名单上也有夏娃·拉布吕耶尔,因为她小说的女主人公与一条野狗产生了紧密的关系。夏娃誓死要获得这个奖。阿代拉伊德无能为力,只能争取让夏娃登上了一家发行广泛的大众杂志的宠物特刊封面。

秋季入场,阿代拉伊德和前夫埃利亚斯共进午餐,他们从七月末开始就没再见过面。两人沟通流畅,友好,愉悦。阿代拉伊德甚至能点份甜点,而埃利亚斯也没说什么。在买单的时候,埃利亚斯打开钱包,阿代拉伊德看到

---

① "三千万朋友"文学奖(Prix 30 millions d'amis)创立于1982年,每年奖励一部赋予动物以价值的小说或散文,但是,动物并不需要成为作品的主题。

他已经把钱夹里自己的照片换成了另一个女人的,十五天里就找到的女人。阿代拉伊德并不惊讶。然而,钱包塑料夹层里塞进了同样尺寸的大头贴,这让她感到奇怪。她觉得自己是可被替换之物,让她有一种凄凉之感。

阿代拉伊德梳着头发,觉察到头发一把一把地掉落。梳子上,一团团厚厚的发卷。阿代拉伊德先是惊讶,接着开始害怕。理发师会卖给她防脱洗发水,而药店会向她推荐一种要服用三个月的胶囊。阿代拉伊德的发质细软又受损严重,罪魁祸首是染发剂,是直发棒的高温,是疲劳,是当成饭吃的芝士味品客薯片。然而,对阿代拉伊德自己来说,原因在别处,她被这原因摧毁了。镜子前的阿代拉伊德,头发和双眼都湿漉漉的。她觉得自己已经老了,脸色不再鲜艳,有黑眼圈,头上仿佛覆盖着一只死去的淡褐色章鱼,触角耷拉、分叉,垂在肩膀上。阿代拉伊德明白,她的青春已不在场,所有的新鲜气息离她而去,一切都结束了,完了。她几乎觉得自己死了,这种感觉让她头晕目眩。她摸着自己的棕色发卷,怕它们一触即散,变成灰屑。阿代拉伊德对自己说,阿芙洛狄忒已经离她而去了,阿芙洛狄忒,爱的女神,也是美的女神。阿代拉伊德觉得自己被彻底抛弃,她不知道怎样的美丽仪式才能让美与爱之神重回她的身边。她自问，要不要在下一次满月许愿之时献祭弗拉迪米尔来换取自己的美，与此同时，她投资了一瓶昂贵的抗衰老精华与一瓶面霜。在二十一世纪，处女的血已然罕见。阿代拉伊德睡着了，她的衰老平摊在枕头上。

第七章　伊万、鲍里斯和我

"重点是把你的前男友都列出来,从小学最后一年开始所有的前男友。"这是朱迪特的主意。阿代拉伊德真的不能再一个人孤单下去了,她照做了。她没有列小学时交的小男友的名字,人数太多了,在她的脑海中混作一团,不过也无关紧要。她也没有列出刚上初中时的男友,比如塞德里克。塞德里克成了什么样,她可再清楚不过了,她十年前在巴黎郊区的一家超市撞见过他,穿着一身厚运动服,身边是大着肚子的妻子,和两个家教极差的小孩子。

阿代拉伊德爱过九次,十五岁时的萨沙,十七岁时的朱利安,二十岁时的埃尔维,二十二岁时的奥马尔,二十八岁时的巴西勒,三十岁时的伊万,三十二岁时的萨缪尔,二十六岁时的菲利普,最后是二十七岁时的埃利亚斯。她已经不知道最初的三个男友变成了什么样。奥马尔继续着他的生活,因为这世界没有公平可言。巴西勒成了商人和爸爸。伊万有多种药物上瘾综合征，萨缪尔成了名律师，在神庙大街上坐拥一套四居室，和一个妻子两个女儿居住其中。菲利普呢，她曾经每个周一都和他共进午餐，直到因为菲利普的新女友过于介意而停止。阿代拉伊德提醒朱迪特，每次都是她自己离开了他们，除了她初中三年级时的初恋男友萨沙，她完全不想再和其中任何一个有联系。朱迪特记了下来，却坚持道："我说过了，列出你所有的前男友。"

她搜寻着那些和她调过情的人，那些假期里的艳遇，但有时候要花上好长的时间才拼凑出一个名字，高中时一个叫马蒂亚斯什么的，大学里一个叫埃里克的，夏天实习时有个叫史蒂凡什么的。阿代拉伊德曾坠入爱河九次，剩下的就只是打情骂俏，一时激情的冲动，一些会错意的不值一提的火花。"但你永远不会知道他们都变成了什么样的人。"这是朱迪特的论据，朱迪特抢走了名单，在谷歌上搜索起这些人来。

室外，十月拉开序幕。雨变得绵绵不绝，而脆弱的人则担心着抑郁重返。这个晚上，朱迪特指挥着一切，而阿代拉伊德不会再陷入消沉。朱迪特连上自己的歌曲列表，她准备了一份惊喜，她知道阿代拉伊德十分喜欢电影原声音乐。她准备了一份八十年代的慢歌集，*Dream are my reality*，*Forever Young*，*Your Eyes*，*Eyes without Face*，还有邦妮·泰勒的两首歌。就是在这份愉悦中，阿代拉伊德带着一丝自嘲开始以猎犬的嗅觉查询：我以前的爱人们，他们成了什么样？我最近的爱人们，他们生活得怎么样？朱迪特发现名单上一些人或名字拼写有误，或搜索不到。朱利安的踪迹无处可寻，至于埃尔维，她有一丝疑虑，他的姓氏太常见了，太多的重名者，太多的可能性。其他人可以搜索到痕迹，领英啦，网站啦，媒体报道啦，Facebook 页面啦。在一份本地小报上，她发现史蒂凡赢了塔罗牌比赛。马蒂亚斯成了人力资源经理，上了一家本地电台的采访，在 YouTube 上可以找到他炫耀着自己招聘技巧的视频。他的肚子大了不少，但头发犹在。他的谷歌地址引导出一个小而丑陋的郊区小屋。埃里克的名字显示在最近的一次市镇选举的右派竞选人名单上。这一点，完全出乎她的意料。

朱迪特一个接一个地追踪着阿代拉伊德的前任，结果都令人失望。他们都在 Facebook 上展现着自己与妻子、与孩子们的合影。阿代拉伊德还是在其中找到了两个可以留在赛道上的人选，萨沙，她初中三年级的恋人，安托万，她三十多岁时的短暂情人。萨沙成了一家信息技术领域公司的老总，而安托万仍然在文化机构公关负责人的职位上。她很容易就找到了萨沙的邮箱。阿代拉伊德用故作好奇的、打探老同学近况的语气，给他写了一封邮件。至于安托万呢，她忍住先不联系了。和安托万是怎样结束的，她已经记不太清楚了，为什么会结束，在她的回忆里，是一片模糊，变幻不定，些许碎片。

阿代拉伊德一边上床准备入睡，一边想着萨沙，她的第一次悸动，她初中三年级的爱人。她对自己说，她没和萨沙做过爱。她想象着萨沙，今晚，面对着她。当然啦，萨沙很像弗拉迪米尔。或者更确切地说，是弗拉迪米尔很像萨沙。修长的侧影，凝固的姿势，鹰钩鼻。第一个爱人总是在我们身上留下印记，影响着未来，浸润着我们的潜意识。

阿代拉伊德一边擤着鼻涕，一边梦见萨沙对她说：这么多年之后，我终于重新找到了你。公司网站上萨沙的照片依旧帅气，朱迪特也证实了他的帅。朱迪特说："也许他太忙于工作，无心恋爱，还是单身。也许他刚刚离婚呢。"阿代拉伊德，在她坚硬如铁的小床上，也这样想着。十五岁之后的所有爱情历程，都只为了如今，画上最终的圆满句号。就这样，命运早被书写，一切理所当然。这空虚，这所有的痛苦，都是一场苦炼。她与萨沙重逢，就像曾经在校园里，在操场的顶棚下，在凉亭中，在后院里那样。阿代拉伊德终于在今晚，有一个人可想念，她的幻想，她对于爱的渴望，都有了投射的对象。

第二天早上，她的邮箱毫无动静，萨沙没有回邮件。中午十二点半，阿代拉伊德思忖着，她和朱迪特是不是做得过火了。下午三点三十二分，萨沙回了邮件，口气很热情，他结了婚，有两个孩子，很愿意和阿代拉伊德共进晚餐。他们会像老同学那样交谈，她不会穿大开领的衣服，她不会碰已经结婚的男人，这是原则问题。她会失落地回家，但至少美美地吃了一餐。

第二天晚上，阿代拉伊德在 Facebook 上搜索安托万的踪迹，看他有没有公然地成双成对，在十五年间颜值有没有下降太多。对于这段短暂的关系，她的记忆寥寥无几。在那段时间，她服用一种抗抑郁药物、一种被列为安眠药的助眠药物，还有很多的镇静药物。安托万会回到她身边，他们会在街上互吻，电影里的那种吻，她深深迷恋这一点，围绕这个画面塑造了一串流畅的情节。她把邮件编了又编，给文本定了基调，让语气夸张到爆。"你是我唯一的遗憾"，她大胆地写下这种句子。阿代拉伊德无所畏惧，她已经活在自己编造的故事里了。

安托万依旧住在美丽城，阿代拉伊德仔细研究着那些对外公开的照片，已经看到自己站在他身边的样子了。他们默契地走在某条大道上，像少年那样手牵着手，在一家中国人开的速食店前停下，买外带餐食。阿代拉伊德觉得，不再独自吃晚饭这个主意让她遐想无边。她略微担忧起自己的幻想症来，试着更多地想到烤鸭，而不是这灼热的时刻。在朱迪特家，在一场派对中，他们会双双起舞。阿代拉伊德已经看到了一切，朱迪特家的客厅里家具都被推开，安托万的球鞋很旧了，得让他换双新鞋，安托万眼睛的颜色她已经不太能想起，她得再对着照片核实一下。阿代拉伊德对他们也许有过的曾经已经几乎忘得一干二净了，但现在安托万就在她面前，就要吻她了。阿代拉伊德想着某个人入眠，与空虚和忧伤都刻意保持距离。她对自己说，现在啊，我是要走进一段故事的人啦。而就这样浅浅地遐想一段爱情故事的开始，她觉得自己已然重生了。

在下周之前她不会收到答复的。安托万会回答她："遗憾？多可怕啊！活在过去，多硌硬。"阿代拉伊德会很生气。主要不是因为安托万的打击，而是因为一般来说，为曾经的恋人遗憾，不是她的作风。她写邮件时没有太认真，而他也会错了意。如果要她认真，她会写："快来打破我的孤单吧！"虽然也不会有什么效果。

安托万身上曾与阿代拉伊德契合的一点，是他没有孩子。这是个人人都想繁殖的年代，而对于其中的大多数来说，任务已经完成。阿代拉伊德几乎没有恐惧症：除了恐惧口水、呕吐以及肚子里的胎儿。看见一个怀孕的女人，总让阿代拉伊德很惊恐。她要很努力才不会晕过去。在社会空间中，这一点是毁灭性的，而在她个人的朋友圈子里，这也给她造成了折磨——严重的恐孕症。在朱迪特怀孕的时候，阿代拉伊德有整整六个月没见她，让朱迪特非常生气。阿代拉伊德的这个烦恼没有听众，任何人都无法接受。当她听到人们说起超声扫描，就会冷汗直流；听到人们喊"宝宝在动啦"，就会犯恶心；看到"脐带"这个词的时候，就会被前仆后继的恐惧击倒；看到关于生产的故事，就会差一点咽气。她讨厌小孩子，这痛恨如此之深，让她连继母的角色都不想演。更不要提分享，分享别人的关注，分享照顾与爱。埃利亚斯有一个超过二十五岁的女儿，非常独立，很少见他，即使如此，她也满怀妒忌。

阿代拉伊德是要独占一切爱的人，她要的是伴侣，不是家庭。她拒绝家庭这个词，她想到克洛蒂尔德说的，家庭是异化的第一个细胞。阿代拉伊德想做她自己，她想自由，又想成为她爱上的男人的唯一重心。这个要求关乎生存大事，看到埃利亚斯拥抱自己的女儿，她可受不了。更让她受不了的是，眼睁睁地看着自己痛苦，却无比清楚问题出在自己身上。

阿代拉伊德还醒着，她向庇佑女神致上了自己的祈祷。她有感觉，此轮阿芙洛狄忒降临时，有些地方不对劲。突发的潮热，提前的更年期。阿代拉伊德惊恐失措。她的身体发生了巨变，她的月经消逝了，而她曾为此窃喜过。但今晚，今晚有些事不对劲，阿芙洛狄忒没有出现，阿代拉伊德心知肚明。十月会继续，十月会因阿芙洛狄忒的缺席而被腐蚀。整个秋季会顽固地在阿代拉伊德的脸上画下黑眼圈。

第八章 权力与荣耀

吕邦普雷会议厅里,马修·库泰尔在与编辑和媒体专员们开工作汇报会。他的手掌时不时在空中大力一挥,他结束和公司董事们的会议,被施压不少。他需要成果,需要耀眼的销量,还需要奖项,特别是龚古尔奖。龚古尔奖等于:三十万册销量,一百万欧元的营业额。马修·库泰尔怒气冲冲,声音粗暴而专断。阿里·戈沙姆和保罗·塞夫兰分别是让-皮埃尔·图维尔和马克·贝尔纳迪尔的责任编辑,这两位作家都在初选名单里。两位责编都非常投入,各自都重了八斤。他们都说:"我们有机会得奖。"不忘立刻加上一句:"如果他们在接下来的几个星期还有曝光度的话。"于是所有的目光都投向了两位作家的媒体专员:阿代拉伊德和"猪脸毒蛇"。阿代拉伊德详细阐述着她的规划:马克有重要访谈,有长时间的广播节目,而且他被邀请三天后上《小小图书馆》访谈,那可是唯一与文学有关的电视节目。《小小图书馆》被看成一座圣杯,阿代拉伊德因而被其他人祝贺。轮到"猪脸毒蛇"安-玛丽·贝蒂荣汇报了:让-皮埃尔·图维尔也拿到了一个大型刊物的封面,并且更重要的是,图维尔还要和贝尔纳迪尔同时在《小小图书馆》的访谈中出场。因为有嘉宾中途放弃,而她知道如何掌握时机。"猪脸毒蛇"因而得到了众人热烈的掌声。而阿代拉伊德在她的肚子里,正默默打磨着一把薄薄的利刃。

十月依旧喧嚣,大局几乎已定,阿代拉伊德还在挣扎。她要和市场部的赛尔玛一起策划一场"拯救史蒂夫·勒马尔尚"的活动。马修·库泰尔批准了活动,公司出钱请了发型师,赛尔玛从 The Kooples 那里借到几件衣服,阿代拉伊德则弄到一些气味浓重的大麻来让史蒂夫放松,背景是一间废弃的旧工厂。在社交网络上,爱心如雨点般纷纷落下:"爱死了!"一张仰拍的照片尤其得到大量爱慕,史蒂夫几乎赤裸身体,上身只穿一件机车皮衣,同时手拿自己的书,挡住内裤。

马克·贝尔纳迪尔承认自己在走进《小小图书馆》的前夜心绪不宁——是让-皮埃尔·图维尔的缘故,马克一向对这个男人怀恨在心。让-皮埃尔·图维尔会在节目中卸下他坚硬的男性外壳，成为那独一无二的感情充沛的嘉宾、抢尽风头的情感寡头。马克·贝尔纳迪尔已经在其他节目里与他狭路相逢过了，那一次不是上电视，而是某个文学节上，马克·贝尔纳迪尔捍卫自己的书《萨波潘，向我而来吧》，一本将他分散各处的墨西哥冒险经历串联在一起的小说。他把自己与高挑棕发女子和与当地游击队之间发生的故事娓娓道来，让听众屏住了呼吸聆听。可轮到让-皮埃尔·图维尔发言时，他谈论起杀伤性武器、被截肢的孩子，气氛毁于一旦。马克害怕，因为很有理由相信，昨日的遭遇会重现。节目那天，阿代拉伊德在化妆室里迟疑不决。贝朗热尔有一个诀窍，即把稀释过的泻药滴进对手的杯中，使让-皮埃尔·图维尔有气无力，只能表现冷漠。阿代拉伊德最终没有这样做，她很有大局观，她想着这一举动带来的各种后果，想着出版社的利益。于是，她仅仅将几滴泻药滴进了"猪脸毒蛇"的可乐中。

节目的主题是"伟大的旅行家"，与马克和让-皮埃尔同时被邀请的还有其他三位作家．阿米娜·普拉多，《致踩压我的大象》的作者；卡琳娜·佩斯特罗娃，她的作品是《在圣马洛，我并非独自一人》；还有马尔库斯·鲁奥，他带来的是《防水布上的欧洲》。阿代拉伊德在化妆室里追踪着节目录制,而安-玛丽则被泻药折腾得奄奄一息。主持人先访问的是阿米娜·普拉多,而马克已经百无聊赖了,过分显眼,让人心惊。阿代拉伊德挺直身体,无能为力地目睹着马克向观众席里一位漂亮的金发女子频频递送眼风。让-皮埃尔·图维尔则是侧头聆听的姿势,表现无懈可击。然后轮到马尔库斯·鲁奥说话了,他也上了今年龚古尔奖的初选名单。他的小说把目光投向一个撕裂的家庭和欧洲模式的衰落。他讲述了一件关于他的母亲和英国脱欧的小插曲。而马克·贝尔纳迪尔因为无所事事而躁动不安,看得出来他已经坚持不下去了。让-皮埃尔·图维尔开口了,他可是有一个英国朋友因为脱欧而戏剧性地死了,主持人不再继续与他对谈,在这里,煽情这一套行不通,阿代拉伊德的手向盘中的薯片探去。

轮到马克了,他用他独一无二的探险者身份讲述着丛林啦,鳄鱼啦,百分之百懂得怎样扣人心弦。阿代拉伊德被深深吸引,顿觉心旷神怡。突然,演播室里出现了四个人,怒气冲冲,要求发言。这四人不是临时演员,而是"绿色行动"协会的成员,一个反抗物种灭绝组织的分支。他们拉起一条横幅:"书是森林杀手"。其中一人喊:"为你们小说的碳排量而羞耻！"另一个："你们的纸张正在让巴西森林消失！"保安过来阻挡了。节目不是直播，未来的观众不会觉察到什么不对劲。但是马克被深深地感动了，这个足迹踏遍全球的男人看着这世界正在消亡。他也在自己的书里写到了这一点，他见证了天堂鸟的绝迹。接下来，阿代拉伊德很难让马克集中精力谈论自己的书了，他会谈论地球的陷落，会谈论自己在各种访谈中的碳足迹，宣称自己不会再乘坐飞机。阿代拉伊德悄悄提醒他，他可以乘着帆船完成一场冒险之旅，这有效地阻止了他的抑郁。

其他作者在其他的摄影棚。夏娃·拉布吕耶尔和她的斗牛犬受邀出席《我爱星期天》节目，一场娱乐脱口秀。她要唱她曾经的代表作《爱情可不是为了你》，但她强烈要求在一位国立音乐研究所的音乐家的伴奏下朗诵一首西尔维娅·普拉斯的诗歌。要引导夏娃，对阿代拉伊德来说困难重重。她对"三千万朋友"文学奖的执念没有削弱一丝一毫，但关了这一点，那是厄内斯特·布洛克要操心的事情了。阿代拉伊德要负责的是夏娃的另一个目标，已经落实到一个具体的人身上：夏娃·拉布吕耶尔想要被名记者劳拉·阿德勒采访，夏娃对劳拉穷追不舍。阿代拉伊德已经无计可施了，而夏娃一直骚扰到了劳拉的丈夫。厄内斯特·布洛克呢，他提议在几家远离巴黎的书店举办几场读者见面会。

各大文学奖项的第二轮名单揭晓：贝尔纳迪尔、图维尔和鲁奥都在龚古尔奖的第二轮入选名单中。马修·库泰尔念咒语般一遍遍重复："我们有三分之二的机会！"吕邦普雷会议厅中，压力居高不下。纪尧姆·格朗吉瓦向阿代拉伊德打听克洛蒂尔德的情况。她有电台采访，还有一些地方日报会谈论她。阿代拉伊德又补充了由书店公关负责人推出的活动规划。克洛蒂尔德会直接与大众面对面，会在法国的国土上来来往往，直至一月。阿代拉伊德很满意这样的部署，克洛蒂尔德的心理状况维持得很完美。

十月渐渐凋敝，十一月势不可挡，奖杯高高地摆在赛马场上。今年龚古尔奖的桂冠，最终被马尔库斯·鲁奥摘走。吕邦普雷会议厅中，马修·库泰尔汗津津的手掌平摊着。编辑们一边节食，一边诅咒竞争对手的致命一击。马克·贝尔纳迪尔重新踏上旅程，目的地暂时保密，只会在下一本书中揭晓。让-皮埃尔·图维尔会哭泣，而他的妻子会离他而去，这会是另一个重大打击。而他，会因勒诺多文学奖①获得宽慰。

而夏娃·拉布吕耶尔呢,她成功摘得"三千万朋友"文学奖。她的作品因此围上了一条得奖的腰封,但她还是不高兴,因为除了《王牌狗狗》,其他媒体都是一片死寂。阿代拉伊德会陪伴夏娃把一千欧元获奖支票捐给一家由夏娃选择的动物保护组织,一家藏在昂格吕尔山间小屋的组织。在车上,两人会听劳拉·阿德勒的访谈。夏娃会安静地说道:"我可知道她夏天要去哪里度假。"阿代拉伊德会马上想到克里斯托夫·翁德拉特主持的著名刑事节目:《带被告人进来》。她会建议夏娃把下一本书的故事转移到一个充满异域情调的地方,要是千里迢迢的遥远之地,要在法国之外。要做一些定位,要尽快行动。夏娃的斗牛犬会叫起来,她会将此看作一个预言的信号。因而,她的下一本书将是《婆罗洲的女孤儿》。

史蒂夫·勒马尔尚会回归自己在一家小公司里做程序员的日常。他因为自己的泳装照而与净水剂文学奖②失之

---

① 勒诺多文学奖(Prix Renaudot)创立于1926年,是法国五大文学奖项之一,每年与龚古尔文学奖同时颁发。这个奖项以法国报业之父勒诺多的名字命名,颁给作品具有全新风格的作家,但是不设奖金。
② 净水剂文学奖(Prix de Chlore)是作者的文字游戏,将花神文学奖(Prix de Flore)的首字母F换成了Ch。Chlore在法语中是"氯"的意思,常用于泳池净水剂,与史蒂夫的泳装照相呼应。

交臂。史蒂夫不会再写书了。当他回归工作时，某些东西就要碎掉了。他不会再从写作中汲取乐趣，他会对每一个句子掂量轻重，无时无刻不感觉到审判的目光。史蒂夫不会再写书了，而直到他生命的尽头，他都会感觉到自己的人生是失败的。阿代拉伊德会忽视掉他，她再也不会想到史蒂夫了，十一月将他扫地出门。很快，阿代拉伊德又会有别的作家要捍卫。接下来的一月文学回归季没有九月那般残酷。

今晚，阿代拉伊德难以入眠，她与克洛蒂尔德通话，身在布鲁塞尔的克洛蒂尔德。克洛蒂尔德身边有蟑螂，都是旅馆的问题，房间太小，摆设肮脏，还没有电视机。克洛蒂尔德无聊至极，唉声叹气。阿代拉伊德安慰着她。克洛蒂尔德说：我的理疗师。说这句话时，克洛蒂尔德想到的是治愈巫师。而阿代拉伊德却仿佛是在马圈的深处听到克洛蒂尔德的声音，她想象着克洛蒂尔德被锁在她的小马厩里，眼前浮现出每一本书后等待她的赛马场，她挂了电话，长舒一口气：这一年，总算结束了。

第九章 单枪匹马

晚上七点左右，当阿代拉伊德下了班，从975路车上下来时，离家就只有两步路了。尽管如此，路程还是让人痛苦，这个时间点，她整个人都是飘移的，她痛恨这一点。她不与任何人重逢，也没有什么人在等着她。直到第二天早上，她都会是孤零零一个人。她总觉得有行人从她的身体中穿过，虽然在这短短的路程中，行人寥寥无几。阿代拉伊德是可以为自己精心准备一顿晚餐的，她可以去奶酪店，去优质的蔬果店采购。但一般情况下，她都会跳过晚餐，再到晚上十点多，吃小饼干吃到撑。

丢掉二人世界换来的时间，她不知道如何填充。二人世界里，刚刚入夜的时间，是珍贵的时刻，是对一天里发生的事情做小结、彼此交换信息的时刻。有时，她一人分饰两角，自我鼓励，自我询问，对自己高声说话，叫自己"我的小女孩"，然后，她越来越频繁地叫自己"我亲爱的"。她走进玄关，挂起外套，整理鞋子，然后自问道："我亲爱的，你想吃什么？"如果她不关心自己，就再没人关心她。阿代拉伊德有时甚至会想象着是弗拉迪米尔的声音在问自己这个问题。

她没法好好泡个澡，在卫生间里她几乎转不开身。她只能坐在家里唯一的桌子前，打开电脑。她上下翻阅着社交网络上他人的生活，或者看一部电影、一集电视剧，哭号着家里没有沙发。家里也没有电视，她只在早上听广播获取信息。晚上的时间，是属于推特的。她总是期待着某个陌生人的某条信息会突然出现。某个已经失去联系的男孩，某个她早已忘记的男孩，或者某个曾经注意过她、她却毫无觉察的男孩。她也会读书，很多很多的书，读那些早已死去的作者，为了忘记眼下的工作。

阿代拉伊德和她的女友们分散在巴黎的四个角落，她们在工作日很少遇到，但每个晚上都会相互联系。埃尔默利娜喜欢打电话，朱迪特和贝朗热尔习惯传短信，而克洛蒂尔德呢，不时打个电话，或者发个邮件。从她再次单身开始，这个小圈子就这样支持着她。姐妹情是顶梁柱，是不可或缺的根基。阿代拉伊德以前从未想过，友谊会在她的生活中占据压倒一切的重要地位。她认识这些女朋友很长时间了，但是她们从未在她身边围成一个坚硬无比的小团体。以前，她们时不时在一起做做巫术仪式，就像那些不经常见面，但会因为一起玩音乐，或者一起抽大麻而时不时相聚的朋友那样。阿代拉伊德是这些朋友唯一的相交点。自从她恢复单身开始，这个小团体每个周末都会聚一次，吃晚餐啦，晚上聚一聚啦，早午餐啦，总是在夏特莱广场上的一个小酒吧里，亲密交谈，相互吐槽。

每个人都尽其可能地应付着自己的孤独，贝朗热尔用在 Tinder 上找来的约会把周末填满。贝朗热尔是最清醒的，她经验充沛，毫无幻觉，她说交友市场上留给她的只剩下那些有瑕疵的男人。她知道那些男人不会主动，也一定在各方面都很自私。她埋葬了爱情，也永别了爱神，她把自己献给工作，在她的小猫"山德"身上找到情感的平衡，并顺便零零碎碎地补充一些性生活。她有个二十二岁的儿子，他们常常见面，也助她维持了生活的平衡。贝朗热尔并不痛苦，与阿代拉伊德相反。她甚至无法明白为什么阿代拉伊德非得要一个弗拉迪米尔不可。

克洛蒂尔德为了生存，把一切献给了写作。她的手指在键盘上飞驰，她把时间百般折磨，时间不再飘荡无着，时间完全归她所有。她的痛苦比阿代拉伊德轻微，她的每一份手稿，都是一个伴侣。这个文学回归季，关于她的报道确实寥寥无几，但是这个秋天，她会在不同的书店开许多诵读会和读者见面会。读者不会很多，但都是忠实的听众，这才是她的价值所在。克洛蒂尔德承认，有时，当读者的掌声响起时，她能感觉到燥热，仿佛是情爱的热浪在向她袭来。

埃尔默利娜选择此时保持单身，一切于她而言都很美好，永远的安静、刺激的缺失。晚餐嘛，她不在乎，一份超市的速食汤就搞定。晚上，她会批改作业、看电视剧，或者备课。她也画画，很多的画。她画那些大师作品的微缩版。埃尔默利娜感觉到自己在绽放，但她也承认，有时候，要分享当下时刻的欲望会强烈地袭来，就像这个夏天她在山中，将绚烂无双的顶峰美景收入眼中时。

朱迪特有丈夫，还有一个九岁的女儿，她的坦诚让她张口道来："我嫉妒死你们了，虽然但是，我嫉妒死你们了，你们根本没法想象。"朱迪特经历着夫妻关系的危机，丈夫弗洛索瓦让她不胜其烦，那样窝囊、拖沓的男人，要给他来一次电击，或者突然离家出走才行，但是她做不到，当然，她也不能这样做，还有孩子呢。朱迪特没有漂浮的时间，对她来说，晚上七点半以后，时间就属于家庭。

朱迪特说：我不再属于我自己了。阿代拉伊德回答："我呢，没有一个人要我。"克洛蒂尔德总结道："别忘了，从属权，就是偷窃。"埃尔默利娜又要了一瓶啤酒，贝朗热尔向服务生微笑。十一月在昏沉中结束，十二月波涛汹涌，万物动荡，仿佛行星没有排列整齐。

贝朗热尔在她工作的银行里迷上一个客户，并且十五天后，她就成了这个已婚男人的情人。埃尔默利娜没碰她的啤酒，她对贝朗热尔一遍遍重复"想想他妻子吧"，宣读着"女性互助"（Sororité）这个词，最后离开了桌子。朱迪特此刻正在采访一个歌手，十三年来，她第一次想要在现实中背叛她的丈夫。克洛蒂尔德不建议她这么做，朱迪特不会撒谎，她会比自己的家庭和爱人更受苦。朱迪特突然爆发："我再也受不了什么家庭了。"克洛蒂尔德喊着："当时你要是不生孩子不就解决了！"朱迪特眼泪迸发，打上计程车回家了。贝朗热尔眼看这气氛，更倾向于回到自己家去。

对着面前的金汤力，阿代拉伊德犹豫着要不要开口问克洛蒂尔德，问一问她是否知道此刻出版界发生了什么。十二月吞没一切，大卫·赛夏隶属的出版集团刚刚被收购。新来的董事查看了营业额，要重新审核出版策略和图书系列。马修·库泰尔处境堪忧，出版社人员骚动不安，阿代拉伊德心惊胆战。克洛蒂尔德对她说："你知道吗，我开始写新书了，我终于找到了合适的形式，我已经全情投入了，没问题。"所以阿代拉伊德就闭嘴了。她且把焦虑留给自己，无法与人分享，她自忖，有时她的焦虑蔓延，也像一幅绚烂无双的美景。

阿代拉伊德每晚都要与埃尔默利娜通一番电话，而埃尔默利娜并不需要。阿代拉伊德很清楚，自己的空白需要填补，哪怕是用糟糕的事情来填补。神经官能症，阿代拉伊德已有感觉，阿代拉伊德心知肚明。工作中，她已经无法忍受厄内斯特·布洛克了。这个男人从来不说"我们需要"，只会说"我等着"。"我等着那篇报道。""我等着封面。""我等着那些采访。"他也不会说"干得好""谢谢""祝贺啊"。他会变本加厉地提高要求，从不满足。他一向如此，但以前，阿代拉伊德还有埃利亚斯，埃利亚斯会倾听她，埃利亚斯让她平静心绪，埃利亚斯懂她。埃利亚斯让她火气降下，让她可以在第二天重新面对这个可怕的布洛克时，不再冒出同归于尽的念头。阿代拉伊德的手里总捏着回形针，想着某一天它会变成武器，扎进布洛克的颈动脉或者眼睛里。晚上，阿代拉伊德想象自己缓缓地砍断布洛克的脖子，在她的肚子里，一团团蝴蝶鼓翅而飞。

十二月涌进各个角落，道路开始施工，当阿代拉伊德晚上七点左右下班回家时，要从路的另一端走下975路公交车。寒冷使一切变得痛苦不堪，在路的另一头，她与比以前更多的人擦肘而过。对那些人来说，圣诞节将近，而她的心却渐渐缩紧，她对自己说："别去想，千万别去想。"阿代拉伊德很勇敢，她与那些漂浮的时间斗争。她做一切她想做的事情，在一家美味的泰国餐厅吃饭啦，去看电影啦，在某个暖气充沛的露天酒吧点一杯金汤力度过一晚啦。她知道没人看到她，没人在看她，而她充分享受这一点。她觉得自己是个幽灵，她想到《第六感》里的布鲁斯·威利斯，她思忖，也许自己已经死去了。从什么时候开始死去的呢？她问自己。她选择一场车祸让自己死去。如果那个晚上，父母去米瑞尔参加派对，也带上了她，如果那个晚上，父母与她在同一辆车里。有时候，人们觉得她独自一人，但其实，她坐在弗拉迪米尔的对面，与他共进晚餐。

这是一份蓝色的恐惧在镜中自视的故事。这是一份孤独为了生存而不断自我变换的故事。阿代拉伊德·贝特尔，是一个与其他崩塌并无二致的崩塌，比圣安德烈亚斯断层更短，却要更深。

第十章　今晚，圣诞夜

阿代拉伊德热爱圣诞节，唉，可惜她是个孤儿，她不再有男伴，不再有家庭，没有人和她一起分享火鸡，再拆开礼物。走在街上，她对自己说：我的心是一个装废弃圣诞树的垃圾袋。阿代拉伊德热爱圣诞节，多亏了那些前男友和他们的家庭，她经历过那些豪华的圣诞节。除了跟埃利亚斯在一起的时候，只能和他的女儿一起过节，整个就是一场灾难。阿代拉伊德多想今年可以补救一下，一个被装饰品塞满的宴会厅啦，堆在壁炉前快要溢出来的装礼物的袜子啦。人生中第一次，她没法把自己塞进某个地方去。她的女友们都把圣诞节当作一份苦差事，但她们都在温暖的家中，与家人一起。今天是十二月二十三号，阿代拉伊德孤独地走在巴黎城中，佯装自己还活着。

当然啦，巴黎没有雪。天气极其温暖，空气黏黏糊糊。路人步履匆匆，他们都在采购。一个女人在打电话：

"只差妈妈的礼物了。"阿代拉伊德紧随着她,心里和自己打着赌,她会买毛衣,还是香水。陌生的女人买了一支蜡烛,很快消失在人潮中。阿代拉伊德自问,如果她的妈妈还在世,她会买什么礼物给她,毛衣还是香水,书还是蜡烛。她会费心准备吗?还是渐渐地就变得漫不经心,只在最后一刻想到:"只差妈妈的礼物没买了。"当然了,阿代拉伊德每个圣诞节都会想到她的父母,想到把她抚养成人的奶奶,想到她那因一场车祸戛然而止的童年。但是今年,今年不一样。她只有父母的死亡可想,只能与父母的死亡共度平安夜,再没人为她准备礼物。

阿代拉伊德放假了,整整一个星期里,她不会再与任何人产生互动。除了与售货员,再不会有一个词、一个姿势、一句对话。她预感到了忧郁女士的到来。好几个月了,阿代拉伊德都听得到忧郁女士挠她大门时干涩的吱吱声,她无比清楚那锁住大门的合页即将松开,这只是时间问题。阿代拉伊德在离家很远的地方走着。她不知所措,在内心呼唤着弗拉迪米尔。她想象弗拉迪米尔搂着她的双臂,对她说:"亲爱的,告诉我,我该做什么让你开心起来?"

阿代拉伊德再也不想孤零零一个人了,她已经思考了很久，她要再养一只小动物。她的赞安诺两年前离开了，那是只漂亮的小暹罗猫，她花了很长时间才恢复过来，她与它共度了十五年的时光。她的悲痛，她不知如何诉说。仿佛有人把她心上的肉剐去一大块，把她的灵魂豁出一道口子，把她的脖子咬破。关于赞安诺的死，她的忧伤犹存，但已经不会再为此哭泣了。她的小暹罗猫，打着惊恐的嗝，死在了她的怀抱中，眼睛变成了玻璃。阿代拉伊德不知怎样处理它的身体，去哪里埋葬它，让谁来火化它，那时是晚上九点三十分。埃利亚斯把猫放在一个大塑料袋里，下楼丢进了垃圾桶。她的小猫死在了垃圾堆里，故事就是这样结束的。阿代拉伊德如今仍在问自己，她那时是否原本想让埃利亚斯把猫尸装进冰箱，再请一个动物标本制作师上门，或者等到第二天，两人一起把猫尸带到兽医那里，再装进一个小小的骨灰盒中。至于骨灰盒要放在哪里，她还不清楚。或者他们本可以保留猫尸，提一个申请，为小猫在动物公墓里造一个小小的坟墓。阿代拉伊德从未去过她亲生父母的坟墓，她觉得没有意义。她的小猫死了，很难过，就这样，结束了，终止。

阿代拉伊德决定了，是的，她要再养一只小动物。当然啦，是一只小猫，一只暹罗猫。不是脸部棱角过于分明的东方短毛暹罗猫。一只泰国暹罗猫，这才是她想要的。就像赞安诺那样，蓝眼睛大大的，个性几乎像只小狗。阿代拉伊德对猫的品位比她对男人的品位更加精确，更加不可动摇，弗拉迪米尔除外。她在一家咖啡馆稍作休息，在有暖气的露台上要了一杯热巧克力，这一天会成为她人生中重要的一天，她以后会和弗拉迪米尔说起这一天的。她在手机上搜寻着，在二手交易网上，只有很少的暹罗猫，或者卖家都住在遥远的郊区。赞安诺是她在一家宠物店买来的，这家位于塞纳河边的小店还开着，不像其他同区的店铺那样，疫情的原因都关了门。她对自己说，这一次，她会要一只小母猫。她想要回避一切潜在的比较。弗拉迪米尔也会同意的，弗拉迪米尔建议她打电话问一问。她的手在颤抖，她问了，他们有三只暹罗猫，一只公猫，两只母猫。阿代拉伊德笑了，钻进地铁中。

一路上，她一直在为这个她人生下半场的小小伴侣起名字。她已经列出了一些名字，以字母 P 开头的，有 Pétronille（佩特洛尼耶）、Parrhèsia（帕哈西亚，"直言"）、Pleurésie（普洛赫西，"胸膜炎"）、Prozac（普洛扎克，"百忧解"），不行，都太普通，Prudence（普鲁当斯，"警告"）、Phoebe（菲比）、Paige（佩琦）呢？意涵又太明显。Perdition（佩尔迪逊，"遇难"）不错，这个词就这样闯进她的脑海。阿代拉伊德的心加速跳动起来，已经很久没有过了。一阵阵快乐的气息在新桥附近吹袭。她离宠物店越来越近，她忘记了弗拉迪米尔，在她的脑海中，她一遍又一遍重复道："我来了，我来找你了，我的小佩尔迪逊。"

一个玻璃盒里，佩尔迪逊在一群小猫中立起了身。阿代拉伊德穿过商店，询问暹罗猫在哪里，然后很快找到了她的佩尔迪逊。小猫四个月大，宠物护照是匈牙利的。它躺在阿代拉伊德的怀抱里，呼噜声太响，让其他人不得不为它做了一次心脏按摩。如果埃利亚斯知道这只小猫价值一千三百欧，等同于一个月的最低工资，他一定会当场暴怒。而阿代拉伊德呢，她很开心自己离开了埃利亚斯，再也不用见到这样的场景。

十二月二十四日，将近晚上十点的时候，阿代拉伊德在塞纳河畔的阿尔玛桥附近缓缓前行，暗暗希望芭芭拉[①]歌中的场景会突然出现。然而，并没有人对她说"圣诞快乐"，所以呢，她要回自己家，和小猫玩耍。她就这样沿

[①] 芭芭拉（Barbara，1930—1997），法国国宝级女歌手，《圣诞快乐》是其代表作之一。

着高高低低的居民楼前行，所有窗户都亮着灯，可以想象，里面的人正坐在餐桌旁，阿代拉伊德的心又一次缩紧了。她想抽支烟，打火机的火苗却被风屡屡吹灭，她想到了卖火柴的小女孩，不敢再许什么愿。空荡荡的地铁里，只有两对情侣和一个年轻女孩。他们的包里，装着礼物。今晚，阿代拉伊德真的太孤单了。她明白，从今往后，等待她的就是如此，被寻常的社会仪式排除在外，没有人会等她，只与空白建立联系，在她空荡荡的肚子里，眩晕把她吞噬。她祈求爱情女神们别抛弃她。是她自己选择离开埃利亚斯的，被女神们送到自己面前的埃利亚斯。而九年过去，她疲倦了，爱情女神也许在生她的气。阿代拉伊德曾想象自己会马上找到新的臂膀依靠，她对自己说，六个月了，六个月来没有人想要她，这数字不算大，却很可笑。阿代拉伊德生着自己的气，气自己缺乏情感的自主性。她抚摸着佩尔迪逊，十分陶醉，自言自语地安慰自己说："这只猫就是我的礼物。"独身依旧使她不快，但她再也不孤单了。在她迷你的一居室里，一个生命在她的身边晃动着，移动着摆设，抓挠着窗帘，一会儿这里一会儿那里的，让那些鞋堆成的金字塔坍塌。阿代拉伊德睡着了，佩尔迪逊靠着她的脸庞，哼哼呼呼。

阿代拉伊德把十二月二十五日都用在了煲电话粥上。朱迪特在萨瓦省地区，前不着村后不着店的荒凉之地，与她丈夫的家人在一起，大概一共十五个人，而她的神经快要崩溃。她九岁的小女儿收到了五个芭比娃娃，而她得到一套修甲工具。在吃圣诞树桩蛋糕的时候，他们谈起了阿拉伯妇女戴面纱的事情，这让她怒火冲天，而她的婆婆对她说："你这些话，去和伊朗女人说吧。"埃尔默利娜在阿尔卑斯山上，和她一起的，是她酩酊大醉的父母、她神志不清的奶奶雅克林娜，以及问她既然同性恋可以结婚那她会不会结婚的叔叔。贝朗热尔和自己的父母一起，第一次接待她儿子的女朋友——一个十分为自己的初创公司自豪的创业者，立志吸一大波钱。这个女孩本以为贝朗热尔在银行业工作是出于自己的志向，她失望了。自此之后，贝朗热尔的儿子与他的女友，两人经常用一种滑稽的神情看向她，仿佛她的整个人生都失败至极。克洛蒂尔在写她的书，在这个时候，没有家人，完全与世隔绝，对她是一种恩赐。她享受此时的巴黎，空荡，节奏放缓。她的邻居们平时几乎每天都在做爱，让她心神不宁，而此刻他们去度假了。没有一个女友在十二月三十一日，在新年的前夜有空。

如果没有佩尔迪逊，那跨年之夜该有多残酷。和埃利亚斯在一起的最近几年，他们都是躲在家里度过跨年夜的，孤零零两个人，像藏在洞穴里，没有任何庆祝。那时，阿代拉伊德非常沮丧，她决定今年好好弥补一下。然而，她收到的邀请寥寥无几，而那些邀请的计划看起来也很糟糕。通过邮箱和短信，她收到的邀请有：一个全素宴，一个不穿鞋的禁烟晚会，一个在废弃空屋里举办的音乐会。最终，她坐在电脑前吃着松露鹅肝，看着连续剧，小猫卧在膝盖上。佩尔迪逊的身上满是食物碎屑，耳朵潮乎乎的。

爱的女神，阿代拉伊德接受过，迎接过，现在要与其永别了。她对自己说："我在心里，为自己虚构出了弗拉迪米尔，也许这就够了。"新年的第一个夜晚，她会梦见自己一个人，沿着悬崖行走。佩尔迪逊突然出现，她没有摔下悬崖。新年的第一个夜里，她跳过了悬崖，手中抱着佩尔迪逊，唇边浮现微笑，心中有慰藉。当然，当她醒来时，她会把一切都忘得一干二净。

第十一章　砰砰砰，大葱与土豆

为了让新的一年有个良好的开端，阿代拉伊德重拾自己的新年计划。她不打算去运动，也没想着要变成纯素食主义者，只想每天多走几步路，还要吃有机食物。她起了这个念头，是因为她脸色太差；脸色太差，是因为吃得不好。她喝许多零度可乐，每周吃三次披萨，早已忘记新鲜苹果是什么味道。她于是听从了贝朗热尔的建议，贝朗热尔只吃新鲜蔬菜，吃本地出产的农作物。也就是今天，阿代拉伊德第一次踏进了出售藜麦的有机商店的殿堂。

商店很简朴，但商品种类多，其实和小超市也相差无几，然而这已经让阿代拉伊德大开眼界了。她觉得自己像个游客，置身于一堆她叫不出名字的商品中间。其他人都背着托特包，阿代拉伊德没有带包，这里也没有普通超市用的塑料购物篮，她不敢去问，所有的一切对她而言都完全的陌生，充满敌意。结账台柜员的雷鬼辫无声地甩着。

店里没有广播，也没有音乐。一个女士的购物车嘎吱作响，阿代拉伊德寻思着，她究竟是造型艺术老师，还是这里的合同工。阿代拉伊德观察着她，女士的购物车里有扁豆面粉，有黄豆饼，她全无线索。声音喑哑的购物车远去了，阿代拉伊德辨认出即食食品区域。她自问斯佩耳特小麦会不会有大麦的味道，她又能不能够吞下这瓶糊状物。木刷头的牙刷挑衅地打量着她，她想到那些尖尖的刷头会刺穿她的牙龈，不由得浑身一颤，仿佛指甲吱吱呀呀地划过一块长长的石板。

　　她站在店里至少有六分钟了，显而易见，她连去死的心都有了。阿代拉伊德试着弄明白自己身上不对劲的地方到底在哪里，她很清楚，这只能是她自己的问题。店里的这些人，都站在理智、好好生活这一方，他们尊重自己的身体，保护自己的身体，也保护自然。贝朗热尔告诉过她，这家连锁店完美无瑕，建议她购买这里的浆果与谷物，还推荐给她一个酵母的牌子。阿代拉伊德在货物陈列台之间碰撞，在布格麦①和促销甜菜之间游移着。那些蔬菜满身泥土，那些沙拉菜曾经鲜活，那些意大利面颜色古

---

① 布格麦（Bulgur）又称碾碎的干小麦、布格麦食，源自土耳其，主要由硬质小麦先去壳后碾碎而得，常见于欧洲、中东和印度。

怪，那些汤茶名称可疑，她快要哭出声来了。

她多么想钻进她周围的女人们的身体之中，变成她们。这些女人自信满满地用一盒盒人造脂肪和嫩豆腐把自己的袋子装满。她知道人造脂肪的味道，那是一种硬纸盒的味道，涂在面包上的硬纸盒，有人曾在她不知情的情况下给她尝过。她颤抖着，抓起一瓶小分子卸妆水，装作在寻找其他东西的样子，装作在找某样明确的物品的样子，微微皱起眉头。她撞到了一个男人身上，一个正在挑选大葱的男人。男人四十多岁，厚羊毛外套，酒红围巾。鼻子不太大，但已经足够做她的弗拉迪米尔了。

阿代拉伊德还记得，有1%的相遇发生在营业场所里。鉴于这是她第一次来这种有机商店，她理应得到自己的"新手运气"。她对自己说，这会是一个多么有趣的故事开头啊，我遇到了李察尔，他在买大葱和土豆。她想叫这个男人李察尔，他有一张李察尔的脸庞，或者叫他爱德华，或者"让"什么的。因为他戴的围巾，是羊绒的，很正式，很可能是三针织法。阿代拉伊德选了三四个土豆，让它们滚到纸袋子里。李察尔拿了一些阿代拉伊德不认识的绿色蔬菜和一块南瓜。阿代拉伊德自问，一种以大葱和南瓜为食的生活到底会是怎样的。在大葱味的包围中，他还可能有爱欲吗?

李察尔现在走进了各种干果的自选区。他在那些装着果干的玻璃筒前,将把手猛地向下一扳,一个牛皮纸袋就装满了,是酸角口味的腰果。阿代拉伊德盯着那个装着棕色核桃的广口玻璃瓶,寻思着,酸角该是什么味道。她犹豫着要不要问李察尔这个问题。这里只是一家小小的有机商店,她会看上去像个笨蛋的,她没法对他说:"我希望有人给我上个基础课。"她稍稍贴近李察尔,站在那些价格像肾一样奇贵的巴西核桃前。李察尔喷了很多香水,她闻不出来是什么牌子的,但确定不是娇兰。她亦步亦趋地模仿着他的动作,扳动把手,把手恰好被卡住了,那些昂贵的核桃喷射而出,在地毯上散落开来。一个店员立刻出现了,把不快藏在他疲倦的毛衣里。阿代拉伊德连声道歉,李察尔看着她,饶有兴味。李察尔的脸部轮廓非常精致,阿代拉伊德则回报他一个微笑。

店里有许多种类的羊奶酪和豆腐,阿代拉伊德与它们保持距离,李察尔在仔细查看那些杏仁奶巧克力,又折回到蔬菜柜台,比较着那些黄瓜。Sitophilie,"与食物的游戏",这个词由希腊语 sitos(小麦)和 philia(爱)组成,指用食物玩性爱游戏。阿代拉伊德想到这个词,

Sitophilie，又自问这个词是怎样出现的。据说在古希腊，男人们通常用装小麦的袋子来自慰。阿代拉伊德思忖着李察尔会用哪种方式自慰，而李察尔拿走了那根最粗的黄瓜，跑向无麸质产品柜台。

阿代拉伊德对排毒绿茶和精油毫无抵抗力。她手上抱了太多的东西，只能用下巴抵住货品。除了土豆、巴西核桃和小分子卸妆水之外，她还拿了一盒燕麦饮品和一块乡村面包。她等着李察尔走向收银台。她喜欢他的香水味，觉得那味道十分文雅，就像李察尔把货品放上传送带的姿势那般文雅。阿代拉伊德想象着他们的下文，在商店门口，李察尔的纸袋破裂，大葱散落一地。"我是在有机商店门口遇见李察尔的，他不小心把大葱掉在地上了。"她想象着接下来的情节，他们一起喝了东西，他要了一杯咖啡，而她，一杯零度可乐，因为她不喜欢咖啡。在街角的咖啡馆，在有暖气的露台上，他们互相交流自己的南瓜汤食谱，谈论将要消失的物种，向服务生指出："现在，用塑料吸管已经是违法的了。"他们会交换电话号码，然后在接下来的二十四小时之内，互相发送越来越私密的信息。他们大概会在他家做爱，有木地板和双人床的家。到了早上，他很可能会推荐她吃牛奶滑蛋。

在那个雷鬼辫收银员面前，李察尔整理着他的新鲜鸡蛋、素牛排、杏仁奶巧克力、豆腐、腰果、奶酪、黄瓜、南瓜块，还有那些奇奇怪怪的绿色蔬菜。他确实把三根大葱掉在了地上。阿代拉伊德理所当然地对自己说，"这都是命中写好的剧本"，然后加快脚步把那些大葱捡起来，递给他。从来没有哪一刻，所有的希望都放在了这些菜园植物上。他的目光穿透了她的目光，她的嘴唇微张，呼吸快要停止。李察尔对她说："太谢谢了。"突然，就在这四个音节上下起伏的夸张结束之后，她所有的幻想都颠覆了，就像搁浅在空中的楼阁。李察尔不是文雅，而是女性化，他是同性恋，绝对地，没有丝毫可疑的余地。阿代拉伊德垮掉了，她任自己的物品倾泻而出，倒在收银台的传送带上。李察尔用他摇曳的声调对收银员说了再见，然后消失在暴雨中。阿代拉伊德无比诧异，从他的步伐到他的姿态，自己居然什么都没觉察出来，正因如此，她在听到收银员报出结账金额的那一刻，居然没有脸色苍白。

阿代拉伊德冒着雨回了家，她的牛皮纸袋淋得透湿。那些有机土豆，她得洗很久才能用来做土豆泥。有机茶十分涩口，燕麦饮品百分百的寡淡无味，乡村面包如橡胶般久嚼不烂，巴西核桃味道让人失望。她选错了精油，她买回的这一款没有活力苏醒的功效，小分子卸妆水没能卸去她的眼线。阿代拉伊德不开心，尤其是，她十分担心自己是不是缺男人的时间太久，导致她的 Gay 达都失灵了。

她会对埃尔默利娜倾诉此事，埃尔默利娜会把这件事当作功能失调的标志。第二天，她会独自去一家小酒馆吃饭，她会点一份牛排加薯条，再额外多要一份伯纳西蛋黄酱。星期六晚上，她会去贝朗热尔家吃晚饭，她会对此事三缄其口，晚餐会有羊奶酪沙拉、烤茄子和大葱奶油鸡蛋馅饼。

第十二章 我们统统要完蛋

吕邦普雷会议厅中，一月暴力袭来，而所有人都在震惊之中。马修·库泰尔双手放在桌上，阿代拉伊德注意到他服用了镇静剂。大卫·赛夏出版社如今属于 Book & Press 集团，而这个集团又刚刚被 Multiplus 集团收购。马修·库泰尔昨天刚与新的董事会面。这次，就算出版社拿到了龚古尔奖，他也不可能搞得定。大卫·赛夏出版社，赤字过多，Book & Press 集团是看在出版社的良好形象上才能容忍他。马修·库泰尔说，一切都结束了，又补充道，他被炒了，而编辑策略要经受大的改动。他起身，因为镇静剂的缘故撞到了墙。厄内斯特·布洛克正自问着是谁要来接管他们时，大门敞开，一个男人走进来，自我介绍说是夏尔·查洛尔。马修·库泰尔走人，夏尔·查洛尔接任。他没有说早上好，他只是说："必须要变革了。"

新主管高而干瘦，说起话来冷冰冰的。除了侦探小说和布洛克负责的文学系列，所有书都在亏损。不能再放任自流了。纪尧姆·格朗吉瓦被正式要求主动辞职[①]。他离开了会议室，而沉寂越来越浓。阿里·戈沙姆和保罗·塞夫兰被分别要求去为社会小说和面向普罗大众的作品效力，不得不忍痛让布洛克一人去负责所有的文学系列。夏尔·查洛尔宣布："我可不是两手空空来这里的。"他承诺要出一系列自传，主角包括电视真人秀明星、一个从法国国家广播电视台起步的名主持、一个在法国公共电视一台的短剧中演主角的孤儿女演员。他交给布洛克两个纸箱，装着被标记为"机密"的手稿，对他说："明天来我办公室一趟。"厄内斯特·布洛克接受了，他感觉到自己被人看中，他嘴角过度的抽搐没有逃过任何一个下属的眼睛，除了阿代拉伊德——自夏尔·查洛尔一进门，她就处于一种不正常的状态中。

夏尔·查洛尔转身面对着媒体专员，宣布道："我们的每一本书都应该出现在晚上八点的新闻里。"媒体部的女孩子们揣测自己是不是在做梦，她们的女主管，颈脖僵硬，所有的人都在惶恐地战栗着，然而阿代拉伊德没有，

[①] 公司要求员工主动辞职是一种非常恶毒的做法，意味着员工无法领取到失业金。

她听不到夏尔的话，她看着他的嘴唇比划着那些音节，他的瞳孔扩张，现在，他笑了。阿代拉伊德觉得夏尔很好看，有弗拉迪米尔式的鼻子。九年了，从埃利亚斯之后，她还没真正被哪个男人吸引过。她的腹部，滑过针刺般的痒。在阿代拉伊德的脑海中，上演着法国向敌人投降的场景，回响着伦敦广播电台的声音："如果一切都无法挽救，明天你也会自食其果。"阿代拉伊德的心徒劳地哄骗着脑海中残存的理智："他真的很帅，很性感。"她想要想象夏尔在床上的样子，她的理智试图拒绝。而投降慢慢地裹挟了阿代拉伊德的心。

吕邦普雷会议厅里，阿代拉伊德收拾着她的东西。夏尔·查洛尔离开了，编辑们也离开了，她的同事们也离开了。她拿起与她现在要捍卫的书籍有关的资料。有一些是早就安排好的：《爸爸不爱他的菊花》，一部幻想式哀悼作品；《他曾是个女收银员》，一部小说化的社会批评；《被禁的小册子》，一部让人惶恐的历史架空小说，讲述避孕药问世前的时代的故事。另一些是夏尔·查洛尔硬塞给她的。阿代拉伊德坐在自己的办公室里，听见同事们在开放办公空间发出痛苦的呻吟。她继续阅读，发现她要负责一个名为"法国珍宝"的新系列书籍。第一部作品要在三月出版:《我们的奶酪史》。阿代拉伊德把书名读了差不多三十遍,再向自己的四方看去,确保没有摄像头。而她的女主管,显而易见地,已经在哭泣了。那些曾经的作者统统都要弃出版社而去了,邮件雨点般落下。那些曾经的龚古尔奖和美第奇奖的故事,就要结束了。阿代拉伊德现在要捍卫的人,是一个足球明星,和一个萨科齐时代的部长。"猪脸毒蛇"也要负责一个新的系列:"韧性"。《关于那些脱离困境之人的心碎见证》,文风七零八落。她发出一阵神经质的笑声,笑得嘴唇变了形,这是为了她的硕士研究生学历,她的高师岁月,和她如今惨遭蹂躏的雄心壮志。她真叫人同情。仅仅因为这个,阿代拉伊德或许今后都会叫她"安-玛丽"。

今晚,阿代拉伊德没有向克洛蒂尔德坦白,夏尔的身体让她有了欲望。她也没有告诉克洛蒂尔德,她对自己感到恶心。她注意到了夏尔手指上的婚戒。她对自己说,他的妻子也许会叫他夏夏,他们会双双去打网球,把毛衣披在肩膀上。她对自己说,他的妻子也许会为自己的丈夫自豪,一个带着诸多主意的杀手男,一个居然能做出《我们的奶酪史》这种书籍的男人。阿代拉伊德没感觉到克洛蒂尔德撑不下去了，克洛蒂尔德现在没有出版社了。成功，对于克洛蒂尔德而言，就是6000册的发行量。克洛蒂尔德很清楚，大出版社是没戏了，她没有足够的媒体曝光率，形象不好，也没有任何可供谈判的筹码。她唯一的选择，就是一家小出版社，就像她刚刚开始写作时那样，在小出版社发表。当然，很正常，那些她刚开始写书时的小出版社，统统都倒闭了。克洛蒂尔德想到一家她很欣赏的独立出版社，矮胖子[①]，阿代拉伊德觉得这主意不错，安慰克洛蒂尔德说，他们一定会欢迎她的。但事实上，阿代拉伊德什么也不敢保证。矮胖子出版社被一对神秘的情侣经营着，阿代拉伊德只是在口耳相传中听闻过。但是它们的书目是严肃的，更重要的是，对于这对情侣来说，成功，意味着5000册销量。

吕邦普雷会议厅里，一月惹人发怒，而夏尔·查洛尔的声调实在让人无法忍受。阿代拉伊德看着他训斥可怜的安-玛丽，高兴不起来。安-玛丽负责的作者拒绝上访谈节目，可那终究不是她的错，她负责的书名为《寂静之中》，是一本自传体小说，倡导人们以闭嘴的方式来抵抗这世界

---

① 矮胖子（Humpty Dumpty）是传统英国童谣 *Humpty Dumpty* 的主人公，从墙头摔下就碎了，又称蛋头先生。

的暴力。夏尔对此心知肚明，一切都写在了书的封底。当夏尔和阿代拉伊德说话时，她简直快要窒息了。她想象着夏尔从网球场归来后，他的舌头探索进妻子的私处。她想象他骨节粗大的食指竖起，手指一根接一根伸进他妻子的私处里，他们的鸭绒被十分绵软，被子的一角绣着 Laura Ashley。阿代拉伊德不知道要拿这些画面怎么办。有时候，当她自慰时，会犹豫要不要想象夏尔的身体，夏尔的身体与弗拉迪米尔非常相像。这时，《我们的奶酪史》的封面就会蹦出来，情欲戛然而止。

冬季是海难之季，整个媒体部都在服用镇静剂。保罗·塞夫兰请了病假。每晚，阿代拉伊德都向她的小猫佩尔迪逊吐槽。男性的身体已经与她没有关系了，包括夏尔·查洛尔和弗拉迪米尔的身体。在自己的床上，她重读瓦莱丽·索拉纳斯的《S.C.U.M. 宣言》："性不属于人际关系的范畴，恰恰相反，性是一种纯粹孤独的经验，没有创造性，彻头彻尾地浪费时间。女性可以轻而易举地、比她自己想象得更容易地不再产生性欲，变得完全的酷，完全用理性思维，自由地选择真正可以滋养自己的关系与活动。""性是无脑者的避难所"，阿代拉伊德将其奉为圣旨。她对自己说，归根结底，单身是一种幸运。她从这部作品中汲取力量与权力。但现在,她开始感到无聊了。

二月让冰霜布满玻璃窗棂,也布满她的灵魂。阿代拉伊德对自己说,时间像是凝滞了。每一日都似前一日,并且饱含屈辱。查洛尔对报刊的封面要求甚高,恨不得它们有裙摆的形状、月亮的颜色,在每一张报纸、每一个电视台、每一本杂志中,他都把大卫·赛夏出现的位置和其他出版社的作比较。他独断地制定着要求,谈论着减员,使用着"能力不足"这样的词汇。阿代拉伊德有时会想:走人,辞职。然后马上想到:房租,水电费,在这世上孤单一人。

阿代拉伊德百无聊赖,没有什么能使她鼓起劲来,除了她的小猫佩尔迪逊。这是让朱迪特担心的一点。朱迪特有一个女儿,但没有猫。"她不会理解的。"埃尔默利娜这样想着。埃尔默利娜有两只猫,克洛蒂尔德有一只暹罗母猫。贝朗热尔没有猫,因为她过敏。阿代拉伊德百无聊赖,而她的女朋友们彼此间认为,当务之急是让她有个伴。阿代拉伊德固执地拒绝使用交友软件,不管贝朗热尔如何坚持。埃尔默利娜不认识几个异性恋男人,除了她的学生和一小撮已经开始脱发的同事。克洛蒂尔德自己也找不到男伴,还是在她的要求更低的情况下,所以她也无能为力。所以朱迪特等着她的丈夫和女儿离开巴黎到她的公婆家去，到萨瓦省去滑雪。她要组织一场派对，她掌握其中的秘密。不是那种女孩子之间的小聚会，是一场货真价实的派对，让每个来宾都难以忘怀的那种。

第十三章 盥洗台

现在是晚上八点四十分，阿代拉伊德到了，装扮过分隆重。朱迪特家的客厅里，家具被推开，空间腾挪出来。朱迪特邀请了七十四个人，她自语道，人太多了，又高声开玩笑，说倒是希望有人放她鸽子。朱迪特确实认识很多人，因为她在广播电台工作，每天她都要采访一个音乐家，她认识那些代理和媒体专员。她还有许多的同事。朱迪特是个工作狂，加上人又热情，特别受欢迎。她和阿代拉伊德是十五年前通过共同朋友认识的。阿代拉伊德已经和共同朋友失去联系了，他们有了孩子，再也不出门社交了。朱迪特还时不时会与他们见面，之前是星期天在公园里，现在是星期六在博物馆，或者一起吃下午茶。阿代拉伊德看得出来，一个女人没有孩子，就会脱离社会关系。今晚，会有许多人表现出为人父母的样子，最后都会松懈下来。阿代拉伊德会看到，一个女人没有孩子，就不会在朱迪特家的走廊里呕吐。

现在是晚上九点过三十五分，朱迪特在厨房的吧台忙忙碌碌。客厅里聚集了二十来个人。门铃不断响起，每次都是阿代拉伊德去开门。如此一来，客人一进门，她就会锁定目标——这是朱迪特的主意。阿代拉伊德一个人可以鉴别出同性恋，但要知道谁还是单身，只能问朱迪特。好看的男人都有主了，而且，没一个人拥有可以称得上弗拉迪米尔式的鼻子。

晚上十点二十三分，阿代拉伊德撞上了马歇尔，一个出过专辑的吉他手，十二年前她曾与他睡过。他非常幽默，外表嘛，像一个年轻的狼人。她告诉朱迪特，当她们一起列出她前任的时候，把马歇尔漏掉了。然而，她犹豫着要不要再与他来上一发。那是因为他的私处，她还记得，像犬类的那样尖锐，接近棕色的暗红，牛肝的颜色。她独自在浴室里补一点粉，听到外面两个人在讨论一部法国电影，而第三个人觉得那电影平庸无奇。她没看那部电影。但那第三个人性别为男，风度极佳。所以阿代拉伊德在走廊里停了下来，竭尽全力说着导演的坏话。她感觉到她得了分，另外两个人走开了，他们相互做了自我介绍。我是阿代拉伊德，朱迪特的老朋友。我是阿尔本，克莱尔的丈夫。上个月，朱迪特在她的节目里采访了克莱尔。阿代拉伊德没有等克莱尔出现，她又回到了浴室。

晚上十一点十五分，公寓里有四十几个人。贝朗热尔身体欠佳，埃尔默利娜在最后一刻放了鸽子。克洛蒂尔德也没有来，她更喜欢自己待着写作。阿代拉伊德见到了一些不如她的首席朋友圈那么亲密的朋友。她说："我现在单身，其实我过得并不好。"闺蜜们纷纷安慰她：她们都经历过这个阶段。要找到一个好男人，平均时间是三年，而一旦找到了，她们就再也不会放手。阿代拉伊德对自己说，三年，我撑不过去，于是她开始想哭。她又遇见了一些九年没见的旧相识。其中一个她很喜欢，一个表情有些痛苦的男孩，头发犹在，也没有肚腩。他本身就好看，在一群臃肿的四十多岁的男人之间，简直就是英俊非凡。他叫卢克，他们交谈了一会儿，相互总结了一下这些年的历程。卢克还在同一家公司，但他与玛丽-劳拉分开了。他们就单身的状态交流了一下，卢克也不太喜欢这种状态，不习惯这样的生活。阿代拉伊德提议找个地方好好聊一聊，他们于是把自己关进了洗手间。

午夜，房里有五十个人，拥挤程度不亚于夜店。阿代拉伊德和卢克聊着天,心里在犹豫今晚能不能够把这个男孩带回家,因为她那一米二宽的小床,也因为那让人心生怜悯的拥挤。她暗自揣度着卢克住在哪里,他是那种和女孩来上一发,然后在早餐时偷偷溜走的类型,还是那种会把一个夜晚认真对待,当作一段故事开头的类型。卢克突然开始引用斯宾诺莎。当然啦,毫无头绪的引用。阿代拉伊德不知道卢克热衷于哲学,而玛丽-劳拉离开他也是为了逃离他的宏大思考。卢克接着引用了一句尼采、一个黑格尔的定义和一段康德的论述。阿代拉伊德暗暗对自己说:啊,花样滑冰,前外一周半跳,勾手跳。她百无聊赖起来。不断援引名人名句的人让她疲惫不堪,这些人真的明白自己在说什么吗?她从来不能肯定。饶是如此,卢克笑容中的某种东西,让她依然无法自拔地想吻上去。

午夜十二点半,房中有六十多个人,人们一个挨着一个靠在走廊的墙上,墙上挂着的画不断掉落。卢克要去放音乐了,阿代拉伊德回到以朱迪特为中心的占领了浴室的小团体中。她们在讨论法国歌曲,流行乐啦,通俗乐啦,谁是法兰丝·盖儿和维洛妮卡·三松的继承人啦,一个个名字蔓延开去,又立即烟消云散。所有人都在成为奇迹的朱丽叶·阿尔曼奈[①]上观点一致。阿代拉伊德爱死朱丽叶了，朱迪特会去听她的歌。她们竖起耳朵，此时尖锐的电子音乐传来：是永远要做DJ的卢克。阿代拉伊德艰难地穿过走廊，和遇到的人做贴面礼，漫不经心地闲谈几句，拿过一杯金汤力，她用了超过一刻钟的时间走到客厅里。卢克的侧影对着她，在电脑的上方，向前倾斜，十分专注，鼻子可爱极了。阿代拉伊德观察着他，觉得他魅力十足。她站到他的身边，准备好要求放什么歌曲了。卢克戴着耳机，很明显他什么也没听见。阿代拉伊德碰了碰他的手臂，而他唰的一下跳起来，电脑摔在地上。这小事故打破了这一刻的魔力，阿代拉伊德窘迫地重新回到浴室。

凌晨一点，音乐重新响起，一些客人离开了，另一些准备离开。房中还有四十多个人。阿代拉伊德要去找朱迪特，要去通知她。"我要发起攻击了。"朱迪特回答："他可烦人了。"阿代拉伊德回答道："是的，可是长得真好看啊。"朱迪特说："去吧，勇敢点。"又加上，"力量与勇

[①] 法兰丝·盖儿（France Gall，1947—2018）、维洛妮卡·三松（Véronique Sanson，1949—　）和朱丽叶·阿尔曼奈（Juliette Armanet，1984—　）都是法国流行乐歌手、音乐人，其中法兰丝和维洛妮卡的创作高峰期在七十年代，而朱丽叶则在当下十分活跃。

气",然后抱了抱她。阿代拉伊德又一次穿过长长的走廊,回到客厅。卢克正在尖叫,一个男人想要拉住他的手。一个女孩说:"真的受够了,这些电子乐。"卢克斗意十足,毫不退缩。阿代拉伊德对自己说,这个男孩大概有点性格障碍。她回到厨房,给自己调了一杯金汤力。

凌晨两点四十五,只剩下二十几个人了。朱迪特一边在洗手池的台面上忙碌着,一边对阿代拉伊德说:"你在纠结什么呢?你又不要和他结婚。"这句话被另外四个人听到了,但并不知道朱迪特在说谁。朱迪特没有说出卢克的名字,只是向这个小团体解释:阿代拉伊德有强烈的结婚渴望症,她没法单纯和一个男人睡一觉而不去想象和他结婚。阿代拉伊德知道这是真的,但害怕人们把她当成一个过分循规蹈矩的天主教女孩。于是她抓住吸管,激烈地为自己辩护。她只是有点幼稚,没法不去设想未来。她自忖卢克是不是个合适的人选,想到十年之后,一个小小的公寓,装满了法国大学出版社的书。不管这个念头诱人与否,她都没有办法决绝地斩断它。朱迪特兴奋不已,推着她去行动。阿代拉伊德穿过空荡的走廊,所有人都在客厅里,只剩下十二个人,而现在是凌晨三点二十分。

阿代拉伊德寻找卢克,卢克正在地毯上跳着舞。地毯的下方，藏着一颗举行巫术仪式时使用的星星。阿代拉伊德心想：如果在这里吻他，我的吻就会被女神祝福。她犹豫着，靠在客厅入口的墙上，直截了当地接近卢克似乎并不容易，最好是她现在就开始舞起来。问题在于，此时的音乐，是说唱。阿代拉伊德手足无措，而其他人一起唱着她不熟悉的英语歌词。阿代拉伊德觉得自己被排挤了，于是失望至极，她回到浴室去找朱迪特，准备抱怨一番。朱迪特和她的朋友们，或坐在浴缸边缘，或手肘托脸靠在盥洗台上，正在进行严肃的讨论。实验文学已经死了吗？它是暂且处于周期的低潮，还是现在就该被埋葬？朱迪特拿克洛蒂尔德举例子。一个在文学回归季读了《十二号女先知们》的女孩说道："这都是那些实验文学的问题，是很厉害，但我们什么都看不懂。"朱迪特有些不自在，阿代拉伊德犹豫着，要不要谈谈小说的霸权啦，电视剧诞生后的改编啦，想象力以及它的各种形式啦。但最后她闭口不语：此刻她不在上班。她掏出一把口香糖，问有谁想要。

凌晨四点，客厅里的某个人放了《爱的忧愁》这首歌，阿代拉伊德知道该怎么做了，她突然左右摇摆着舞起来，眼睛寻找卢克。现在只有七个人了，都开始成双成对了。卢克站着，站在阿代拉伊德面前，但是在他们之间，有一个年轻的金发女孩,她年轻又美丽,正在吻着卢克。

凌晨五点三十分,阿代拉伊德精疲力尽地瘫在出租车里,对自己说:"我没有生气。"六点,在自己的床上,她对自己说:"真是一个美好的夜晚。"她会一直睡到中午,镇静剂的效力那时还不会散去。在那期间,她会想:"我会一个人,和弗拉迪米尔一起把日子过完。"佩尔迪逊会发出哼哼声,在几个小时中,她的心会被治愈。她的睡眠无梦,而她,值得。

第十四章　我向月亮发问

朱迪特家的客厅。地毯被撤走,五角星符显眼无比,小锅威严地端居正中。阿代拉伊德、朱迪特、贝朗热尔、埃尔默利娜和克洛蒂尔德都穿着巫术服。

阿代拉伊德

风在东。

贝朗热尔

水在西。

朱迪特

火在南。

埃尔默利娜

土在北。

克洛蒂尔德
我们召唤的神灵在中央。

阿代拉伊德
我呼唤赫拉。

贝朗热尔
我呼唤赫斯提亚。

朱迪特
我呼唤雅典娜。

埃尔默利娜
我呼唤阿耳忒弥斯。

克洛蒂尔德
我呼唤德墨忒耳。

阿代拉伊德
我呼唤阿芙洛狄忒。

贝朗热尔

我呼唤莉莉丝。

克洛蒂尔德

现在是三月二十一日,能量苏醒之日,月升之日。在这祈祷之日,被女神们庇护。我们的女神,我们向你们祈祷,为了帮助我们的姐妹。

朱迪特对阿代拉伊德

去吧。

阿代拉伊德

我向你们介绍自己。

埃尔默利娜对贝朗热尔

把鼠尾草递给我。

阿代拉伊德

我向你们介绍我自己,我希望拥有一次邂逅。

朱迪特

说得更明确些吧。

克洛蒂尔德

用一个行动词。

埃尔默利娜

一个行动词,比如"我吸引""我得到"之类的。

阿代拉伊德

我吸引一个适合我的男人。

贝朗热尔

形容一下他。

埃尔默利娜

你许的愿要是太宽泛,就不起作用了。

阿代拉伊德

我吸引一个男人,一个幽默、有文化、聪明、有自己公寓的男人。

克洛蒂尔德
继续啊。

阿代拉伊德
我吸引一个和我品位一致的男人。一个工作饶有成就的男人。一个没有孩子的男人。一个会爱上我的男人。

埃尔默利娜对朱迪特
你把那个蝾螈眼睛到底放到哪里去了？

克洛蒂尔德
陷落！

埃尔默利娜
没有蝾螈眼睛的话，就不会起作用了。

克洛蒂尔德
要起作用的话，首先她的请求就该明确。

阿代拉伊德

"一个会爱上我的男人",还不够明确吗?

克洛蒂尔德

他可能会是一个精神病色情狂。别忘了,请求,永远是得到。要永远注意你请求的东西。要特别小心你许的愿望,它会实现的。

阿代拉伊德

一个会交际的、朋友众多的男人。一个带我出门去参加宴会的男人。一个会自己举办派对的快乐男人。一个贴心的、照顾我的男人。

贝朗热尔

这就完了?

阿代拉伊德

对啊,完了。

朱迪特

你确定?

阿代拉伊德

嗯,是啊。

朱迪特对埃尔默利娜

加上老鼠的血,结束了。

埃尔默利娜

这就结束了?

朱迪特

她许愿的时候像个傻子,你觉得我还能怎么办?

克洛蒂尔德

我呼唤女神们,让她们使我们的姐妹如愿。

阿代拉伊德

风在东。

贝朗热尔

水在西。

朱迪特

火在南。

埃尔默利娜

土在北。

阿代拉伊德

要过多久才能起效?

克洛蒂尔德

一个朔望月,到下一个满月。但你搞砸了。

贝朗热尔

你都一点没提外表。

朱迪特

也没怎么提性格。

埃尔默利娜

实话实说啊,你这个愿望确实太宽泛了。

克洛蒂尔德

在性的方面,你什么都没要求。

阿代拉伊德

我不在乎性功能啊,性这方面真不是最重要的。

朱迪特

快来帮我把小锅收起来,我老公和小孩一个小时后就要回家了。

第十五章 马丁

阿代拉伊德在三天后办了生日庆祝会。每一个钟头都更加沉重：她四十七岁了。这一晚，月亮若隐若现，而阿代拉伊德的悲伤会时刻卷土重来。埃尔默利娜让她信任女神们，仪式总归会起作用的。但暗地里，埃尔默利娜为阿代拉伊德如今能获得什么样的男人而忧心。

四月渐渐苏醒，而阿代拉伊德将希望寄予春天。她的日常死气沉沉，精神世界也渐渐枯萎。在大卫·赛夏出版社，她负责着那些毫无意义的书，再也见不到真正的作家，受制于夏尔的专制管理。啊，夏尔，如今面对夏尔，她只会感到恶心，在食堂看见夏尔，她常常杀心涌起。是的，如今她在食堂吃饭，餐馆的报销发票已成为历史。她不再倾注心力，和她往来的也不是曾经的记者了，她无所事事，无聊得发疯。

夏尔·查洛尔命令她去紧盯"法国珍宝"丛书的发

行，逼她陪着《我们的奶酪史》的作者四处做活动，包括去寥寥无几的书店做活动。很少有书店愿意对他们敞开大门，这让夏尔抓狂。书店媒体专员们都被辞退了，他们的新书只能让大众连锁数码产品书店 FNAC 产生兴趣，也愿意为此付出金钱。阿代拉伊德害怕丢掉自己现在的位置，人员精简已经被提上日程，阿代拉伊德留意着招聘启事，为换工作做准备，当然啦，也为了解形势。没有一个位置被空出来。阿代拉伊德对自己说，她的人生换成了不适宜于她的样子，如果一直这样持续下去，她就算是彻底毁了自己的人生。

今天，《我们的奶酪史》的作者在一家品酒窖里展示自己的书，这是阿代拉伊德的主意，死马当活马医。来宾们心不在焉地听着，只等品尝环节。其中一个男人开起了玩笑。他个子不高，算得上肥胖，但看起来无比和善。他注意到了阿代拉伊德，而他逗笑的对象也正是阿代拉伊德。奶酪盘子在人群中传递，男人来到阿代拉伊德身边，她正倾向于拒绝一块马鲁瓦勒干酪。男人先说了一句俏皮话，紧接着又加上一句恭维。阿代拉伊德的心立刻被治愈了。一个男人向她而来，而且绝对地，他在向她释放勾引的信号。

男人自我介绍：马丁。他五十多岁，声音动人。马丁是纪录片制作人，而且没穿球鞋。阿代拉伊德对这个年纪还穿着球鞋的人接受无能，她把这当作一种拒绝成年的信号，一种品位缺失的绝对证明。马丁穿着不俗，APC衬衫，剪裁完美的灰色牛仔裤，无懈可击的黑色皮靴。他提议在活动结束后，两人一起去别的地方喝一杯。

马丁风趣、聪明、博学。他有一套位于巴黎十四区的公寓，喜欢贝克特，也喜欢"新秩序"乐队。他最新的纪录片叫作《鲜花河谷最后的日子》，拍摄地点在一个旧建筑全部被推倒重来的城区，还得了些奖。马丁没有孩子，但有很多朋友。他邀请阿代拉伊德这个周六一起去一个派对。阿代拉伊德同意了。马丁结了账，担心阿代拉伊德太冷，她穿得很少，而天气已经开始转凉。阿代拉伊德回到家时，沉浸在一种欣喜若狂的状态中。她给埃尔默利娜打了电话，午夜十二点已过，而对话一直持续到凌晨两点。

接下来的日子里，工作压力轻轻地拂过阿代拉伊德。厄内斯特·布洛克不断折磨骚扰她，他要求自己的一个作者——一个战胜了癌症的七十年代老歌手——登上一份知名日报的封底。安-玛丽·贝蒂荣仍在病假中，阿代拉伊德和其他同事不得不接手她的工作，其中包括"韧性"丛书。因为阿代拉伊德已经在负责"法国珍宝"系列了,她得以稍稍逃脱《比痛苦更强大》的宣传——马尔丁娜·C,一个患有子宫内膜异位症的残疾孤儿亲身经历的讲述。但她还是要为一个极为苛刻的电视节目主持人的第一部小说做宣传,每天她都得在电话里向作者汇报进展。小说很糟糕,但主持人交游广阔,而新闻界的报道数量也令人惊叹。

阿代拉伊德想着马丁,她的心满满地膨胀,她喃喃低语。她和四个女友聚在小酒吧里,她们彼此祝贺:"仪式起作用了。"很快,阿代拉伊德就会被安顿好的,是女神细心安排了一切。除了克洛蒂尔德有些许茫然。她说:"先看看再说吧,"又补充道,"别开心得太早了。"贝朗热尔回嘴说克洛蒂尔德在嫉妒,朱迪特呢,反正她总是在担心,只有埃尔默利娜赞成克洛蒂尔德的意见。阿代拉伊德只想着一件事:星期六,那是肯定的,她会亲吻一个男人,而这个男人会是一个完美的丈夫。女友们则忧心忡忡,这么长时间了,阿代拉伊德早该明白,强烈的结婚渴望症是一种精神疾病。如果要立刻把自己投入到一段上了保险的关系中,她就不能正常地感受一份爱情开始时的模样。阿代拉伊德只听到了爱情这个词,而女友们的其他话都被丢到背景音里了。阿代拉伊德想着马丁,她已经快记不起来他的脸部轮廓了,但是她的心早已在尖叫,他注定就是那个天选之人。如今,她已经不再召唤弗拉迪米尔了。她只在心里重复着这个几乎还不认识的男人的名字,仿佛一首歌在她的脑海里无限循环。

星期六到来时,阿代拉伊德的心只有十五岁半。她长时间地精心准备,喷了过多的香水。她在一家咖啡馆与马丁会面,他们先在那里碰头,然后一起去他众多朋友之一举办的放映会后派对。真真切切地与马丁面对面坐下时,阿代拉伊德十分诧异。她想到马丁那么多次,她想象了马丁那么多次,而马丁的脸其实是另一个样子。阿代拉伊德本可以在这个时刻对自己说:"我看中的不是这个男人,只是他的功能。"这本可以让她意识到,填满空白的并不是爱。但阿代拉伊德的心早已因孤独而精疲力竭了,呼叫着抛弃一切的理性。第二杯酒下肚,她已经在构想他们的婚礼了。以马丁交游之广阔,至少得有两百个来宾。这段时间里的交谈是流畅的,经典的调情模式运行良好。两人品位的共同点甚多,政治意见相符,时不时发出一阵笑声。马丁有许多片场轶事可以谈,阿代拉伊德有一堆处事如疯子的知名作家的趣闻。他们谈及自己的童年,又特别谈到自己的青少年时期,那是文化喜好养成的重要时期,两人都热衷电子合成音乐和新浪潮音乐。他们最终没有去朋友的派对,两人待在咖啡馆直至打烊。

在出租车载客点前,马丁没有吻阿代拉伊德,他只是轻轻地贴了她的脸:"谢谢这个美丽的夜晚。"阿代拉伊德困惑了,她极少在第一次约会之夜就上床,但她还是刮了腿毛,几个月来的头一次,塑胶板迷你浴室里的枯燥程序。她对自己说,很好,这个男人知道控制自己,这样最好不过;但心里将信将疑。当她在刮腿毛、除阴毛的时候,是色情片的镜头在她的脑海中播放。回家后,她给马丁发了一条晚安的短信。他不会回复的,这是他的战术。阿代拉伊德陷入了圈套,整个夜晚她都在自问,她的马丁,她珍视他,她要抓住他。

他们会在下一个星期,在马丁家的客厅里,伴随着史密斯乐队的一支曲子接吻。阿代拉伊德的心将被醉意熏陶。她被马丁抱在怀里,她重新感觉到一种慰藉。他们会双双步入卧室,在那里,马丁会站在床前,小心翼翼地将脱下的衣服一件件叠好放在椅子上。阿代拉伊德会有些不安,因为她不得不自己脱掉自己的内裤。她原本计划好来一场嬉戏,所以才穿了有按扣的连衣裙,她赤裸着,滑进被子里，一阵轻微的不自在袭来，类似怯场。马丁身体的热度立刻让她平静下来，她轻柔地缩成一团，开头的爱抚会持续很长时间，长得让阿代拉伊德感到厌倦，而最后不得不请求马丁直接进入。马丁的并不大，阿代拉伊德在沙发上时就遗憾地注意到了，但突然，他就此软了下来。阿代拉伊德有些气恼，她当然沮丧不已，但还是在马丁的耳边轻轻说，真的不要紧，第一次经常会这样。阿代拉伊德会在马丁的手指的作用下高潮，六个月的禁欲之后，这就足够了。她会有新鲜的气色，和无比愉悦的心情。

春天把四月尽情挥霍，光线极尽柔和，而气温也多亏了全球气候问题而不可思议地升高。每两个物种中就有一个灭绝，可阿代拉伊德才不在乎呢。就算世界末日到来，她也一切准备就绪。阿代拉伊德没有孩子，所以对自己消失后地球是什么样，她毫无恐惧。她喜欢这个温暖春天，让她想起她初中三年级的六月。阿代拉伊德的心是生动的，焕发的。阿代拉伊德的头脑再也不产生思想了，她的大脑也变成了十五岁半，只有马丁的名字不断回响。

第十六章 特殊伴侣

五月被庇佑，阿代拉伊德每一天都在感恩着女神。她有了伴侣，她可以说出"我的男友"。而这让她长舒一口气，也让她安心。马丁是魅力之上更高的一层。第一次去她家时，他带上了一捧华丽又不流俗的玫瑰。佩尔迪逊弄倒了花瓶。马丁不会承认他不喜欢猫的。阿代拉伊德需要过一段时间才能看出这一点，才会向女友们抱怨。埃尔默利娜会回答："当你向女神许愿时，你可没有说清楚。"阿代拉伊德会气恼，但这气恼只是一时。她会对自己说，不管怎样，马丁不喜欢猫，但他也没有孩子，一个人总不会十全十美。

事情接连成串地发生，阿代拉伊德正处在一切都向她尽情微笑的阶段。她很快就能换工作，能离开人卫·赛夏出版社了，不用再听从夏尔·查洛尔的命令，不用再服从厄内斯特·布洛克，也不用再听到目前正待在一家私人医院里治疗抑郁症的安-玛丽的新消息。克洛蒂尔德的新书一写完,就会在矮胖子出版社出版,她也帮阿代拉伊德在那里谋得了一个职位。工资不比从前,阿代拉伊德要独当一面,既要管理媒体,也负责和书店联系。

矮胖子在文学界有着极高的名声,却完全不为普罗大众所知。一对神秘的同性情侣,卡特琳娜·柏辽兹和法比安娜·沈管理着出版社。她们不接见任何记者,和先锋情境主义者走得很近,对景观社会抱有厌恶。这对情侣全权委托阿代拉伊德处理公关事宜,以便不让这种俗事脏了她们自己的手,但媒体曝光率却断不可缺。阿代拉伊德是个精明人,她早就将自己要换出版社的消息告知了所有的评论家,为新的文学回归季作准备。

六月的巴黎是一场欢宴,而阿代拉伊德纵情其中。马丁不断地带她社交,他们一个星期会有三场派对,在郊区的生日宴会啦,在乡村的乔迁宴啦。阿代拉伊德无比快乐,她可以不断更换新衣,沉溺于盛装卖俏,她对自己说,阿芙洛狄忒又回来了。她与马丁相处得很好,马丁勃起得没有那么频繁,阿代拉伊德将就凑合着,没对任何人提起这件事。她想着,"会好的",确实,三次中有那么一次,好起来了,毫无规律可循。阿代拉伊德对自己说,耐心点，这个男人需要时间，时间久了，就会好起来了。

七月令人窒息，但马丁家的客厅把清凉保留完好。每一个周末，阿代拉伊德都在马丁家度过。佩尔迪逊交给爱猫如命的克洛蒂尔德照看。阿代拉伊德无比入迷地看着这个男人身处自己的住所中，他的节奏，他的小癖好。马丁是个纵欲之人，狂饮大啖，纵情毒品，无间隙地从一种沉迷切换到另一种。阿代拉伊德对自己说，我是食人魔的女人，这句话给她带来颤栗的欢乐。马丁的身体让他想到酒神，阿代拉伊德体会着堕落的快感，随时可以加入酒神的欢宴。可是，唉，这极乐之境从未超过三十秒。

阿代拉伊德习惯与她的伴侣同住。认识马丁才四个月，她已经开始了想象。马丁的公寓很大，街区也极舒适。他们一起去采购，一起准备晚餐。阿代拉伊德完全能够想象自己和马丁住在一起的样子，但她忘记，其实还需要询问他的意见，虽然说，她百分之百确定马丁就是那个被女神送来的天选之人；而马丁，从未和任何人住在一起过，他反对共享日常生活，阿代拉伊德于是尴尬不已。

贝朗热尔觉得这是件好事，能治愈阿代拉伊德的结婚狂情结，让她保持独立。朱迪特更重视这个小风波。朱迪特理解阿代拉伊德，她需要二人世界，需要共享日常生活，这能给她带来平衡。阿代拉伊德需要被锚定在某处，不然她会悬浮，会消失。朱迪特于是相信，马丁根本不是那个合适的人选。埃尔默利娜不太喜欢马丁，虽然她只见过他一刻钟。马丁宣称自己是女性主义者，但他称呼阿代拉伊德"我的小阿代拉伊德"。马丁是个父权主义者，粗鲁直男，阿代拉伊德和他处不久。朱迪特和埃尔默利娜心里暗暗担忧但并不吐露一声。在电话里，她们只是说："你还不太了解他呢，慢慢来。"克洛蒂尔德呢，鼓励阿代拉伊德多找一些和马丁一起小住的机会，在巴黎之外的地方过个周末什么的。她的另一个不能说的目的，是可以把小猫佩尔迪逊留在身边。

阿代拉伊德在心里暗暗测量马丁家的墙壁。设想着在哪里可以放一个挂壁式衣橱，家中又有哪些地方可能会对小佩尔迪逊造成危险：从上方打开的洗衣机总是敞开着，还有窗台啦，阳台的铁栏杆啦。她很清楚，在自己的脑子里，一切都进展过快，但她的心一直把搬家看作一种水到渠成。她对自己说，马丁不会想一个人孤独终老的，既然他那么机灵，他会马上安排周到。她对自己说，一年后，她的人生就会转变。

阿代拉伊德的心，与四十五转黑胶唱片中的歌曲，以同样的节奏跳动。马丁的公寓，一次怀旧之旅，处处是八十年代的痕迹，一直蔓延到装饰品上。阿代拉伊德穿着一件豹纹复古裙缓缓踱步其中。她高高扎起发髻，赤脚与马丁起舞。马丁任由树莓滑进鎏金的香槟杯，他们喝香槟，吃上好的奶酪，抽极佳的尼古丁。当然，现在是假期，马丁目前没有电影在拍，阿代拉伊德也在度假，她非常懂得协商离职和入职的时间，而且她真心希望这一刻能一直持续到文学回归季。阿代拉伊德已经很久没有这么享乐过了。她又想起上一年，和埃利亚斯分手的时候，她对自己说，这一切都值得，她成功走了出来。

而八月，突然间岔了气。马丁处于暂时休息的状态，他对下一部片子要拍什么毫无灵感，他想要慢慢来，好好休息一下。每个夜晚无限复制，永恒的沙发与电视。让她再想不到欢乐迷醉，平静与奢侈。她对自己说，她迫不及待想要开始新的工作，过多的消遣，终究让她厌倦。贝朗热尔十分严肃："她不知道她想要什么。"埃尔默利娜坚持己见："这男人注定内里空空。"克洛蒂尔德不掺和到这些事情里，她更想照看小猫。朱迪特问老公弗洛索瓦，他的男性朋友里有没有人会重归单身。

阿代拉伊德对自己身处哪一步完全云里雾里。马丁家的客厅里，马丁在看书，阿代拉伊德百无聊赖，她想回自己的家。马丁没有挽留她。地铁上，她的心流着血，浸透到胸膛，在裙子上留下褐色的圆渍。她去了克洛蒂尔德的家接回她的小猫佩尔迪逊。她说："我想不明白，事情怎么突然变得这么复杂。"克洛蒂尔德建议她到大自然中待上三天，在她的一个女友的女巫灵修室里，彻底地冥想。地点在波尔多北部的一座森林里，她的女友会在一栋大别墅里做东道主。阿代拉伊德有点心动，但更倾向于回她自己的家，一个人和佩尔迪逊待在一起。克洛蒂尔德也就没再坚持，她知道这样对阿代拉伊德更好。克洛蒂尔德有自己的猫，已足够满意。

阿代拉伊德禁不住想，马丁在感情的层面上热情有时，回避有时，这一定与他能否勃起的状态有关。她自问马丁的神经质有没有可能一直蔓延到生殖器的层面。马丁说他一定会时刻想着阿代拉伊德，却从不打电话给她，她的每一封邮件也都只回短短半行，甚至对她赞美也只是为了马上转移到不合时宜的问题上，关于她的黑眼圈啦，关于她脖子上他觉得非常深且奇怪的、像是出生时因脐带绕得过紧而产生的皱纹啦。阿代拉伊德对自己说，马丁这人有点疯癫，但是鉴于她现在过得不错，她暂且接受了这个交易。然而她越来越气恼,对于她在向女神们许愿时的过分草率。

八月终于在奄奄一息中结束了。阿代拉伊德听着她上一年的音乐列表,那个她取名为"新生活"的列表。她把曾经的一切在头脑中重新放映了一遍,当时内心的眩晕,她记得清清楚楚。她也自问她的弗拉迪米尔如今怎样了,她已经很久没有呼唤弗拉迪米尔了,他换了脸庞,脸部线条也略微模糊。今晚,阿代拉伊德觉得自己无比强大、专注、焕然一新。她有了一个男友,显然功能不行,但她还是挺喜欢的。而关键是,明天早晨,她会在矮胖子出版社开始她的新工作。

第十七章　一如往常

九月展现它最美的容颜。在矮胖子出版社,文学回归季不像在大卫·赛夏出版社那样制造心理创伤。矮胖子有时会得一个奖,十二月奖啦,威普勒奖啦,甚至有时候会得美第奇奖。但是,在这里,一切都很平静,人们不会像上战场一般。卡特琳娜和法比安娜都清楚,她们出版的书质量非比寻常,她们捍卫文学,只为书籍而生,只在手稿中活,只听法国文化电台,只读某个既尖端又介入的媒体,永远支持她们的那种。挑战,对于阿代拉伊德而言,是让矮胖子出版社成为一个走进他人视野的出版社,而不仅仅是卓越非凡的出版社。

二本书在这个文学回归季面世。两本属于外国文学:有一天会摘得诺贝尔文学奖桂冠的罗马尼亚小说家利内柳·波佩斯库的《日落,荣耀的一天》,和阿根廷女作家特蕾莎·弗洛尔·比安奇的作品《满是苍蝇的耳朵》。第三本书属于法国文学：《隆冬的我的脑袋》，是年轻作家巴斯蒂安·梅尔罗的第二部小说，一块文体学的瑰宝，讲述了一段沉重的抑郁症的故事。阿代拉伊德被深深地打动了，她强烈地希望推广这本小说，她几乎把这件事变成了她的私事。她在这本书中认出了自己，也完全明白这本书可以感动全世界的人。

阿代拉伊德是个机灵人，一个名为"阅读的乐趣"的新文学节要在九月中旬举办，目标是向普罗大众推广文学回归季。阿代拉伊德成功地把巴斯蒂安塞进了日程表。巴斯蒂安三十岁，生活低调，靠着抗抑郁药物过活。他在巴黎郊区一所中学担任半日制造型艺术老师。他不是第一次参加文学节了，也恰恰是这个原因，他拒绝参加这次的文学节。阿代拉伊德十分惊讶，小小的不快藏在心底。她会用三天的时间来说服他，会去他家里找他。她会一直等到上了火车才向他宣布自己的计划：B大厅里的朗读会、展台签售、集体晚宴。同时她随身携带着一管抗抑郁的药物。

音箱噼啪作响，麦克风发出吱吱的杂音。巴斯蒂安站在一个小小的舞台上，朗读着《隆冬的我的脑袋》。他的音调毫无起伏，气若游丝。每句话一读出来，就在他心里唤醒他曾经历过的恐惧。而最糟糕的是，他觉得自己十分不知羞耻，他，一个羞涩异常、不向任何人吐露心声的人，现在把自己交给百分之百的陌生人。巴斯蒂安的身体内，一切都在土崩瓦解。他感受到了羞耻，而这份羞耻突然啃噬着他全部的内心。他继续朗读着，为突然降临的奇迹而惊诧：朗读者已不再是他本人，是他的眼睛邂逅着词句，是他的嘴唇拼读出词句；而他本人，站在一旁，站在自己身体的旁边，仿佛羞愧整个地填满了他、占据了他，以至于把他的精神驱逐了出去。

一小群人听话地坐着，某些听众看似极为专注，一个老太太做着笔记，另一个频频点头。展厅的主干道离此处并不太远，因而不断把看热闹的人输送过来，有些人还推着小推车。而巴斯蒂安·梅尔罗呢，当他读出了"自杀"这个词的时候，两个年轻女人乒铃乓啷地站了起来，冷笑着说："哼，兄弟，还是算了吧。"阿代拉伊德对此束手无策，巴斯蒂安的状态彻底失衡。他在最简单的词语上磕磕巴巴，一遍遍地重复同一句话，遗漏了一行义字，哆嗦着喝了一口水，满怀想死的心。一条关于场外一辆雷诺车没有停好的通知彻底终结了他的酷刑。

阿代拉伊德安慰巴斯蒂安，你刚才表现得很好啦，这个环境并不容易啦，她会去主办方那里抱怨啦。他们没法去小餐厅休息，只是共同分享了一片镇静剂。阿代拉伊德拖着巴斯蒂安到他的签售台去。永恒不变的签售台设置：作者在桌子后方，既等待顾客降临，又害怕顾客降临。作家是俘虏，坐着，与那些站着的来宾面对面。仿佛是在学校里，他只能听别人说。作家越是不出名，他就越要聆听。一些人冲他而来，只是为了打发时间，为了炫耀自己的生活。所以巴斯蒂安听到了这样的话："您看您旁边的桌子，那么多人，而您呢，什么都没卖出去，所以呢，我买您一本书，算是完成我这个星期的善事额度。"又或是："你这书，写得不太开心，让人不想看。"还有："你一本书拿多少版税？来，给你两欧，书我就不要了。"

阿代拉伊德找到巴斯蒂安时，他处于一种近乎颤栗的状态之中，一场叫作"从疾病到文字"的作者见面会将在一刻钟之后召开，并不适合他当下的状态。巴斯蒂安的舌头下方藏着一片镇静剂。与他共享舞台的是克拉拉·施泰因，一个有双相情感综合征的年轻女作家。她写了一本四百页的自传体小说，用幽默的语调讲述了她被关押在精神病医院的故事。主持人被克拉拉的魅力折服了，而克拉拉恰好处于情绪高涨的阶段，让她更加口若悬河。巴斯蒂安呢，只能回答"是"或者"不"，也并不太想阐述自己的书，特别是书中关于他跳进塞纳河的那一段。

阿代拉伊德给了巴斯蒂安两块小饼干和一杯热咖啡。她同情地观察着他，他的痛苦也压迫着她的胸膛。她温柔地逼迫他重回自己的签售台，然后，看他平静下来了，就送他回宾馆休息，又去宾馆接他用晚餐。晚宴设在一家餐馆里，来宾众多，摆了许多六人座的桌子。阿代拉伊德于是与巴斯蒂安一起在一张餐桌上遇见另外四个人，三个知名作家和一个媒体专员。他们谈论着各类文学奖，去年的文学奖啦，马上又要开始评选的文学奖啦。巴斯蒂安正遭受着酷刑，然而镇静药物在他的体内渗入得极其迅速，从外表看来，他从容平静。他不断地对阿代拉伊德重复，现在，不良状态结束了，一切都挺好的。阿代拉伊德也相信了。餐桌上的媒体专员十分亲切，巴斯蒂安看起来很安心，阿代拉伊德对自己说：我终于可以享用晚餐了。

前菜用完了，第四小壶白葡萄酒也端了上来。阿代拉伊德与那个媒体专员交流着：他们的出版社啦，他们的职业生涯啦。两人都提到了这次文学回归季的大卫·赛夏出版社，他们此次的重磅作品是歌手约翰尼·阿利代身后出版的书信集。餐桌上的作家们谈论着文学奖上永不更换的评委。巴斯蒂安的胃中，虾与牛油果正在与镇静剂斗争。三文鱼端上来了，第六小壶白葡萄酒也空了。那三个作家在讨论着：要不要把作者与作品分开，他们预付金的价位为何，他们最近的一本书都卖了多少本，要卖出多少本才真正能算作一个作家。巴斯蒂安会在上甜点时呕吐出来。阿代拉伊德会照顾他入睡，今晚，她不会去小村庄里的夜店跳舞，那是主办方预订的晚间派对场所。她会错过一些趣闻，但会拥有充足的睡眠。

矮胖子的办公室坐落在一个古老的大楼里，由小小的格子间构成。阿代拉伊德有时会想念曾经的开放式办公空间，尽管现在她的环境安宁。她的日常比预想中艰难得多。为她手下的外国文学书籍争取到一篇报道简直像下赌注。特蕾莎·弗洛尔·比安奇书中与当下脱节的语调，让她能以"文学不明物"的名义在那些风头正盛的媒体上取得一席之地，但她也没法再多做什么了。让科内柳·波佩斯库出名，需要一些媒体的声响。一个满月的晚上，阿代拉伊德独自一人，悄悄尝试了许愿仪式。她许愿道：请让科内柳·波佩斯库的名字出现在社交网络上吧。第二天，一家杂志发表了一份调查，关于科内柳·波佩斯库青年时代与权力走得很近，并且受到当时罗马尼亚总统齐奥塞库斯的夫人直接庇护的故事。

九月稍稍失控。阿代拉伊德自问，是不是彻底更换工作、更换生活模式的时候到了。越来越多的人在四十多岁选择新的生活。阿代拉伊德对自己说，"开家书店吧"，又很快意识到她一无所有，银行也不会贷款给她。阿代拉伊德痛恨自然，厌恶乡村，她的存在计划只能位于城市之中。阿代拉伊德，已在别处居住过。她热爱巴黎，因为只有在这里，人们才能步伐匆匆又衣冠楚楚。

阿代拉伊德思忖着那些曾经的九月，特别是去年九月。她对自己说，空虚已经真真切切地被她丢在身后了。她现在只在周末见马丁，工作日的夜晚，时间也不再漂浮。她与马丁交谈，她谈论着马丁，她觉得自己的的确确赤手空拳地杀死了孤独。这个晚上，当阿代拉伊德睡着时，她的潜意识会分泌出一些将留在她记忆中的图像。在恒星运行的轨迹上，她成了马戏团女演员，猛然去出第一个节目。巴斯蒂安变得细微渺小，头戴一顶圆筒软帽，在骑独轮自行车。他长出一条猴子的尾巴，而阿代拉伊德让他坐在一把高椅上，绑住他，摘掉他脑袋上的圆顶，将一把巨大的叉子猛地捅进他的脑袋。

阿代拉伊德·贝特尔,一个与其他人并无二致的人。白天,她行她分内之事,然而负罪感悄悄潜入。

第十八章　苹果女王

当他们双双走在街上时，马丁告诉阿代拉伊德，如果有僵尸来攻击，他会牺牲掉她。马丁觉得这合情合理，因为她跑得不快，能拖延住僵尸。阿代拉伊德不太清楚哪一点更让她烦心，是马丁突然想象出一场真实的僵尸攻击，是他要把她像口粮一样扔出去喂僵尸，还是马丁根本不了解她。她会比马丁溜得更快，诚然她跑得不快，但一定比更老、更肥、精力更疲沓的马丁快。特别是，阿代拉伊德确实有生存的直觉。让阿代拉伊德十分迷惑的是，为什么马丁看不到这一点。至此，她就开始小心，对马丁的爱意也削减了许多。

马丁后来向阿代拉伊德承认：他被阿代拉伊德要住进他家里、住进他空间宽裕的公寓里这个主意吓得不轻。他很高兴阿代拉伊德没有再提起这个话题。阿代拉伊德不清楚是哪一点最打击她，是马丁的措辞，是他对二人生活的拒绝，是他奇怪的自私，还是她不得不与所有的计划沉痛告别。现在，她和他一起，却对自己说：有什么用呢。她不会与他结婚，永远不会，他不是那个对的人，那个要与她共度人生下半场的人。秋季清清楚楚地到来了，爱情的季节死去了，被埋葬了。

阿代拉伊德能感觉到，马丁身上有越来越多的地方让她无法忍受，他躺下的样子、他在公共空间的举止、他表示满足时的尖锐叫声、他嘴里发出的声音，她再也不觉得这一切好笑了，反而认为他非常粗鲁，让她不适。同样，在餐馆里，马丁也让她羞愧。她还没有从夏末的那一次震惊中摆脱出来。一家非常雅致的餐馆，在左岸鼎鼎有名。马丁穿着一双人字拖来了，他穿人字拖！阿代拉伊德现在还因震惊而浑身僵硬。当然啦，马丁还是细细地尖叫着，嘴里叽里咕噜发出一连串的声音，还对服务生开了个玩笑。天气很热，他的短袖衬衫沾满汗水，又被晒干，盐分在衬衫的领子周围和背上留下一道道白色痕渍。阿代拉伊德在吃完巧克力泡芙时深深地想到了"衰退"这个词。喏，这就是她乡下的爷爷出门时的样子。她有一种被投射进三十年后的生活场景中的感觉，青少年时代结束了，那个晚上，马丁扑鼻而来的都是养老院的气味。这是五个星期之前的事情了，这气味顽固地萦绕不散，直到现在。

自文学回归季以来，阿代拉伊德感受到了马丁全部的、客观说来数量众多的缺陷。贝朗热尔说得对，还留在求偶市场上的男人都有不可忽略的毛病。马丁呢，他口无遮拦。他把他所想、所知、所感一股脑地倾倒出来。这就是为什么他会说起僵尸，而他说过的远远不限于僵尸。阿代拉伊德对自己说，她忍不下去了。当她想到那个春天时，春天对她似乎已经极为遥远，仿佛是由其他人经历的。一个晚上，阿代拉伊德对埃尔默利娜吐露心声：春天与夏天都被爱情的魔力笼罩了，爱情施了魔法，而如今魔法中断。埃尔默利娜更加谨慎，她对阿代拉伊德说，恰恰相反，阿代拉伊德所请求的，她都得到了。只是因为，这个愿，阿代拉伊德许错了。"要小心你许的愿，因为它会实现的。"埃尔默利娜向阿代拉伊德援引克洛蒂尔德的话语，女巫的话语。

阿代拉伊德不再用充满爱意的眼神看向马丁。爱慕烟消云散，而现实让她大跌眼镜。当她吻他时，她的手放在他的脸上，手指嵌进他的脖子时，她有一种在摸果冻、摸人肉果酱的感觉。她并不觉得恶心，但她会想到星球大战里的杜罗斯，而当马丁抚摸她时，她的脑子里就开始循环播放《星球大战》主题曲《帝国进行曲》的开头。因而，现在她无法在床上集中精力。

阿代拉伊德不再把马丁看作一个情欲高涨、沟壑难填而永不知足的食人魔。马丁是一个小小男孩，又贪心，又自私，又任性。阿代拉伊德无比厌恶小孩子，与一个人内心的小孩子面对面，最让她想拔腿而逃。马丁内心的小男孩举止不良，也教育不佳。马丁说："我的心理医生告诉我，是我妈妈的错。"他经常加上："我的妈妈乱伦。"阿代拉伊德对这种解读并无异议。但是，就因为马丁抱怨自己在童年时曾见过父母的赤身裸体，所以他现在一回到家也一定要光着屁股四处逛，对此阿代拉伊德无法理解。她曾把马丁最喜欢的室内穿着归于天气热的缘故：T恤与拖鞋，这样他才能自在。而每一次新的约会，都让阿代拉伊德接受现实的当头一棒。马丁没有改变，是她美化了现实。一成不变的粗鄙。他不是笨手笨脚，他是不文雅。曾经，他有所克制，而现在，他无需掩盖。阿代拉伊德已经被征服，正式地臣服于他，一个不会离他而去的忠实女友。马丁越来越频繁地让人不适，越来越有侵略性。马丁评价阿代拉伊德：你真的胖了。又说：在情侣关系中，坦诚相待十分重要。阿代拉伊德立刻对自己说：这段关系不会超过这个周末。现在是周六，晚上九点，在马丁家的大客厅里。而室外，一轮下弦月。

确实存在着那么一些魔力十足的夜晚，完美到不可思议，每一个钟头都妙不可言，每一分钟都扣人心弦，甚至让人觉得不真实。也有一些被诅咒的夜晚，十分可怕，每一个钟头都每况愈下。晚上九点，伴随着"治疗"乐队的歌曲，阿代拉伊德平静咀嚼着各种奶酪，包括一种加了松露的味道绝佳的布里奶酪。而马丁呢，一遍又一遍地叨叨，说她从假期开始至少增重了两公斤。高保真音响的频道呢，在这个时候恰到好处地决定去死。马丁抱怨着，拆开扩音器，往里面吹气，弄丢了螺丝。晚上十点三十分，阿代拉伊德百无聊赖。马丁一言不发，马丁不再与她说话。马丁径直往自己的房间走去，阿代拉伊德不明就里。晚上十点四十二分，阿代拉伊德也上了床，马丁在读一本书。寂静抓挠着阿代拉伊德，当她脱衣服时，寂静在她的身体上留下划痕，直至膝盖。在床上，她向马丁滑去，而马丁一动不动，整个人沉浸在一本得了普利策奖的书中。现在是晚上十一点三十分，阿代拉伊德试着睡去，但确实时间过早，而她对形势也一头雾水。马丁关了灯。马丁向阿代拉伊德侧过身体。然后，用确认的口吻说道："我爱你但我对你没欲望。"

阿代拉伊德觉得她身体里所有的骨头都裂开了。我爱你但我对你没欲望。马丁的话在卧室里回响着，隔板彼此靠近，房间渐渐缩小，阿代拉伊德快要窒息。然而，她依旧保持镇静。不过，她是怎样回答的，后来又发生了什么，她已毫无记忆。午夜过后，她才重拾自己的神志，马丁睡着了，她拿起她的衣服走到客厅。这一夜她会在客厅度过，会枯坐在沙发上。在她的脑海中，会有矛盾的思绪，和诸多的愤怒此起彼伏。会出现"丧事"这个词以及一盒腐肉的图像。早上，她会想，一切都结束了。既然他对她没有欲望，她也不必留下。她简直不敢相信马丁说过这句话，"我爱你但我对你没欲望"，一种闻所未闻的残酷。马丁会说，我明白，对不起。他会为自己的直率而道歉，会说其实阿代拉伊德就是无法让他兴奋，从未让他兴奋过，证据就是，每一次，或者几乎是每一次，实际上，他都无法勃起。

出租车上，阿代拉伊德给自己提了一堆问题。当初马丁为什么向她走来，马丁之前的性生活如何，需要做一个调查吗，如何从这种羞辱中生存下来。阿代拉伊德的自我在羞辱下粉身碎骨。千片万片，四处分散。马丁对她没有欲望，她不能引起男人的欲望。阿代拉伊德的血变成了铅，她的心和她的神志，都因铅而中毒。

朱迪特、贝朗热尔、克洛蒂尔德和埃尔默利娜，当然啦，都震惊不已。"混蛋"是她们的占据压倒性地位的词汇。她们一致地吐出"变态""有病""混蛋""臭傻×""臭男人"等词语。朱迪特被惊呆了："他不照镜子的吗？"贝朗热尔解释道，根据经验，她对丑男人非常没有信任，他们通常都是最残忍的那一种。阿代拉伊德承认，当她看到马丁相貌不佳时，她以为他会是个仁慈的野兽，会感激那双抚摸自己的手，会欣赏这个还能把自己套进40码衣服而且胸膛依然挺拔的女性身体。克洛蒂尔德反复说道，这是她向女神们许愿时的错。埃尔默利娜呢，说这是父权制社会的错。阿代拉伊德向女友们保证，她不会再与马丁联系了。

从此以后，又是孤身一人。单身，依旧。阿代拉伊德很想从窗户边跳下去，但她住在二楼，而且她很清楚一切都会过去，因为一向如此。更何况问题在于自尊，而非失恋。此时的关键，此时占据上风的情绪，属于失望。贝朗热尔说，失望，是她最常遇到的感觉，如此寻常，以至于现在失望只是轻轻拂过，不再值得她费神。朱迪特说：我们要报复。克洛蒂尔德发怒："我要写一本小说，写我们经历过的这些糟心事。"埃尔默利娜和贝朗热尔为这主意拍案叫绝。阿代拉伊德，身为克洛蒂尔德的媒体专员，知道这是徒劳，不会有人听她的故事。而且，她不希望马丁在书中认出自己，不希望马丁借此扮演受害者的角色。阿代拉伊德建议克洛蒂尔德先写完她手头上的这本书，一本关于女性主义、书名还在研究之中的书。书将以宣言的形式写出，克洛蒂尔德要用一个口号为书起名，目前她想到的是，"喝我的月经吧"，但是编辑犹疑不决。阿代拉伊德像克洛蒂尔德一样，觉得矮胖子出版社胆小怕事。她想念纪尧姆·格朗吉瓦，如果是纪尧姆，他一定会毫不犹豫地拍板同意的。但是纪尧姆·格朗吉瓦已经退到奥弗涅大区去了，他在那里自制蜂蜜，在网上以及他自己的民宿里销售蜂蜜。他的营业利润赤字，但他已经不用靠镇静剂过活了。

九月迎头向前，九月与空虚为伴。空虚狠狠地抓住阿代拉伊德，与上一年相同，但终究不完全一样。就算时间依旧漂浮，晚上，至少有小猫佩尔迪逊在等待她。小猫的陪伴大大地降低了情感缺失的感觉。寂静不再张开巨口，她的小猫生气勃勃。更不要提那些爱抚。马丁就此人间蒸发了，没有短信，没有电话，不再给她的社交网络点赞。阿代拉伊德呢，用期待填补空白，与去年恰恰相反，她有一个可以想的人，尽管与爱情无关。她想让马丁奄奄一息，想让马丁被自己的话语惩罚，被自己的思想屠杀。让他一个女人也碰不到，让他永远也不能再勃起，让他丢掉饭碗，牙齿落光，让他变成一只小猪猡，而她，在满月时分把他一刀割喉，再用来做烤乳猪。阿代拉伊德什么都没忘，一切都在她的脑海里转化发酵，自从马丁说了那句话，她就什么也不吃了。工作时，她有时会头脑一片空白。马丁呢，他，把一切都归了档。

他们又见了面，在一家咖啡馆，他们要把彼此的东西还给对方。没什么个人情感掺杂，只是些书啦，DVD啦。两人都带了一个Franprix超市购物袋。马丁对她说："我道歉，我是个混蛋，很对不起。"随后又说："你分手是有道理的。"接下来："如果我们两人继续这种关系，既然我对你没有欲望，我可能就不得不去找别的女人。"又接着说："但我会对你闭口不提，因为你支持一夫一妻制。"对他后面说的话，阿代拉伊德不再拥有任何记忆，这与她大受震撼的状态有关。

阿代拉伊德希望马丁悲惨可怜，然而却看到他每晚都在 Facebook 上炫耀。他举办派对咯,他去参加晚宴咯。阿代拉伊德希望马丁妒火中烧,可是马丁一点也不在乎,男人们把一切归档后,就丝毫不在乎了。男人能够把一切都分开,情感啦,自尊啦,伤口不再流血。他们感觉不到分裂留下的巨大伤口,因为伤口并不存在。他们呢,他们像对待一份文件那样,合上文件,他们就进入下一件事中去了。朱迪特觉得,在女人之中,感情啦,自尊啦,伤痛啦,一切都会溢出来,化开去。所有别的领域都会被影响。朱迪特补充道:"女人们啊,痕迹啦,氤氲啦,到处都是,伤痛黏糊糊的,没什么节制,像蜗牛。"阿代拉伊德觉得自己像一块腐肉。朱迪特说这种话,是因为那个歌手的缘故。那个让她喜欢了几个月,让她疯狂,让她精神扭曲的男人。他仅仅是吻了她,然后不告而别。自此以后,朱迪特面对她的丈夫,想死的念头就没有停止过。她做节目时总是迟到,她会找不到自己的笔记,也找不到钥匙,她会忘记要去接女儿。朱迪特觉得她与阿代拉伊德同病相怜,因而稍有改变。

十月将近,天下着雨,而再没有任何人装在阿代拉伊德的心里。再没有人让她的心脏跳动,让她有坚持活下去的欲望。她清楚,如果没有佩尔迪逊,如果不是要照顾佩尔迪逊，她现在已经触到游泳池底了。阿代拉伊德没有哭泣，她想起了贝朗热尔，她说自己被"失望"这个词支配着。阿代拉伊德的嘴唇有些干燥，里面是葬礼的滋味。这是一个蓝色忧伤的故事，一颗瘀血斑斑的心的故事。阿代拉伊德·贝特尔，一个和所有其他女人并无二致的女人，她把自己蜷成一团，却必须再次站起来。

第十九章　田野烧灼之时

多亏全球气候变暖,才有了这个怡人的周五,十月的阳春天。阿代拉伊德十分庆幸自己周五请了半天假。她的女友们为她自发安排了一个用于自我修复的长周末,五个人一起,三天的妇女乐园。贝朗热尔在爱彼迎上选了一幢别墅,紧挨着翁弗勒尔。计划呢,就是田间漫步、小憩、闲谈以及海鲜大餐。阿代拉伊德痛恨乡村,对大海不屑一顾,不耐受白葡萄酒,更厌恶小憩。她只吃虾,不吃任何带壳的贝类,看到张开的生蚝会禁不住恶心。但仅仅是同女友们一起,就让她快乐无比。

阿代拉伊德知道,若没有这份姐妹情,她早就支离破碎,一片片铺撒在地板上了。她的自我会爆炸成小小的碎屑,自恋的碎片锐角锋利,会把她的手指刮破,无法再把它们拾起。贝朗热尔、埃尔默利娜和克洛蒂尔德围绕着她组成一个小小的圈子,像盔甲、像盾、像大教堂的穹顶般笼罩着她的灵魂，尽管她的精神从内部爆裂，尽管她思想涣散，她的理智仍被保护完好，即使她如粒子般飘浮。

特快列车的玻璃窗外，依次闯进视野的是丑陋的房屋和玉米地，法国的郊区景象，废弃的火车站。随后是牧场、母牛、树林以及农场，诺曼底特有的乡村和田园风光，苹果树乖乖地生长在被分割成一块块的田地上。对阿代拉伊德的眼睛而言，这绿意已然过浓，她于是合着眼皮，用一张尼亚加拉乐队①的专辑塞住耳朵，度过了最后的旅程。

女孩们大包小包地在租来的车上挤作一团。阿代拉伊德没有驾照，克洛蒂尔德也没有。是贝朗热尔担任起司机的职责，因为埃尔默利娜在巴黎早就丢掉了开车的习惯，而朱迪特自一九九七年把父亲的宝马车撞坏之后就不愿再碰方向盘了。别墅十分潮湿，按摩浴缸坏了，家具粗俗土气，墙壁是彩色的。阿代拉伊德的房间里，有一张诺曼底式的壁橱，一张大床，和一个女用梳妆台。阿代拉伊德换上了她的周末装束，一条在促销季搞来的风格鲜明的波希米亚印花裙。埃尔默利娜穿着运动紧身裤来到她的房间，

---

① 尼亚加拉乐队（Niagara），法国摇滚乐队，取名源自玛丽莲·梦露主演的电影 *Niagara*。

克洛蒂尔德穿着麻布装,贝朗热尔换上了牛仔裤。朱迪特没换衣服,她煮了咖啡,并且把专门为阿代拉伊德准备的零度可乐放进冰箱。为了预防一切意外,埃尔默利娜和贝朗热尔开车去超市大采购了。

花园中一团死寂,连一丝鸟叫也没有。阿代拉伊德觉得,如果乡村是一部电影,那么配乐一定是死亡。朱迪特带来了她的小音响,可以放尼亚加拉乐队的歌。克洛蒂尔德考虑到阿代拉伊德的需求,要去为她拿一罐可乐。阿代拉伊德感觉自己被彻底地掏空了,抑制着不哭出来。尼亚加拉乐队主唱的声音响起,是《冬日阳光》中的一段:"她不是让人注目的类型 / 她从不在舞会上被邀请。"阿代拉伊德看着朱迪特,对她说:"我要一个人孤零零死去了。"朱迪特打着颤:"千万别这样说。"她又添上一连串话,一些撞在她唇间的、情急之下慌忙抓住的不合时宜的词汇,像是"希望"啦,"遇见"啦,听起来都很站不住脚,连她自己都要脸红。阿代拉伊德死死盯住朱迪特,说:"我会一个人孤零零死去的。"又加上一句:"要清醒。"再接着说:"困难在于,把这一点嵌进脑子里。"她的声调不像是在期待回应。朱迪特试图坚持自己的话,而阿代拉伊德完全不知道明天会发生什么。阿代拉伊德笑了,尼亚加拉乐队主唱的声音生硬地插进这谈话的末尾,这首歌她会唱:"河畔的尽头她纵身一跃/她的头发缓缓漂在水面。"当克洛蒂尔德托着放可乐的盘子回到房间时,阿代拉伊德裙子上的花朵已被泪水氤氲开去。

贝朗热尔和埃尔默利娜怀里抱满食物和香烟回来了,看到这三个垂头丧气的女友。阿代拉伊德很懂得说服他人,克洛蒂尔德已把自己归类在孤独终老的阵营里。朱迪特很痛苦,不知该做什么。她承认有个丈夫这件事让她宽慰。贝朗热尔立刻开始调金汤力。埃尔默利娜拿上一瓶啤酒。现在是下午五点三十分,而阳光依旧。克洛蒂尔德要开始算塔罗牌,朱迪特反对。贝朗热尔向每个人递去橄榄和薯片。阿代拉伊德的心,接受了照料。

女友之夜的特点,除了不可避免地谈论月经和孕期记忆,就是相互吐露心声,并从中上升到普遍性。所以这个晚上,所有的男人都懦弱并且功能衰弱。朱迪特说,一对夫妻可能是两份孤独,她的丈夫弗洛索瓦与她做爱时已经不再正眼看她了。朱迪特说着那个她止不住去想的歌手,想到忠诚的约束在十二年后第一次在她身上铸成千钧重担。埃尔默利娜问朱迪特,她能不能忍受自己的丈夫去找别的女人。朱迪特谈起,曾经有个漂亮的女实习生和弗洛索瓦调情，这让她多么的脆弱、嫉妒，甚至半疯半癫。阿代拉伊德明确到，忠诚在她这里已经成为一种障碍，在这众多约会软件把谈情说爱变成消费模式的时代，她拒绝开放性关系，简直就是把自己打上古板反动的标签。人人都期待着更佳选择，而供应品缤纷满目，以像素的形式呈现。忠诚契约让人扫兴，仿佛已成为老古董。可能性纷至沓来源源不绝，如同普罗旺斯的法纳多之舞，无人能够拒绝。

贝朗热尔不发一言，因为她正处于爱恋中，让埃尔默利娜气愤的是，对方是一个已婚男人。克洛蒂尔德说起了一个国家的少数民族群体。那是一群生活在某乡村的农耕民族，他们的存在痕迹可以一直追溯到马可·波罗时期。这个族群一共有三万多人，一直活在没有婚姻制度也没有父系观念的世界里。男男女女分享着一切，共同养育那里的女人生下的孩子。据说他们的口号是："男人在繁衍中的贡献就像雨下在草原上，雨让草地生长，仅此而已。"这一切都写在克洛蒂尔德此时随身携带、此刻正在阅读的一本书上。那个族群的孩子们是在男男女女的秘密探访中诞生的。而姐妹们都与自己的兄弟住在一起。阿代拉伊德问，族群中像她一样，没有兄弟、没有姐妹的女孩该如何生活，并且立刻总结道：哪怕是在这个族群中，我也会一个人孤零零死去。她留下一阵令众人寒颤的尖锐笑声,然后离去。埃尔默利娜痛恨谈论自己兄弟的日常,贝朗热尔觉得既然不用和兄弟们睡觉,那谈一谈也无妨,朱迪特只有一个姐姐,没什么可以说的。

埃尔默利娜看过一部关于摩梭人的纪录片。她清楚地记得,摩梭人都临湖而居,而那片湖据说是由当地女神的眼泪填满的。埃尔默利娜觉得这种解读美极了,诗意极了。阿代拉伊德提起了瓦莱丽·索拉纳斯书中的话:"这个社会中没有一样东西与女性有关。"贝朗热尔提醒到,在她的工作场合,有时女人之间的关系十分残酷。而出人意料的是,在男女混合的群体中,工作展开起来总要更轻松。阿代拉伊德想起那场由她发动的、对她的同事安-玛丽的战争,那些伎俩,那些小心眼。不管怎么说,那可是"猪脸毒蛇"啊。阿代拉伊德对那泻药的故事略感惭愧。据说安-玛丽再也没有回大卫·赛夏出版社。她与一个实践朴门永续农业的朋友一起,在蒙彼利埃开了家有机果汁店。

太阳落山,她们开始准备晚餐,鸭胸肉、奶酪和绿叶沙拉。克洛蒂尔德预言道,现在,女人们都可以自己人工授精了,越来越多的女人可以略过组建二人世界这一步。

而双性恋将会迅速成为流行，然而，唉，一切对她而言并没有什么用，因为她并不想要孩子。阿代拉伊德强调说，她们两人都是单身。而拒绝要孩子，会让她们一生都为此付出重大代价。贝朗热尔提醒她们，她的儿子与她日渐疏远。而当孩子们成人后，就会完完全全地弃父母于不顾，这都很正常。然而她显而易见地担心着，一旦年迈的钟声敲响，儿子就会不带一丝犹豫地把她送进养老院。朱迪特边切着鸭胸肉边想着她的女儿。

周末会在无穷无尽的倾谈、笑声和金汤力中度过。周六晚上，阿代拉伊德会过敏，她们暂时不会知道原因是什么，而之后医生会告知是花粉的缘故。阿代拉伊德的眼皮会在醒来时粘在一起，会有严重的结膜炎。她们会在下午三点，一起在港口享用海鲜拼盘。阿代拉伊德会藏在墨镜后面吃她的大虾和海螯虾。她们会为这里没有旧货摊而惋惜，会大嚼大啖可丽饼，疯狂地说共同认识的人的坏话，会在醉醺醺时承认对彼此的爱慕，会意识到友谊是另一种形式的爱情。

回到巴黎之后，阿代拉伊德会在抚摸着小猫佩尔迪逊时想到，她总归是幸运的，最终也没那么孤单。而寻找男人的故事，就让它结束吧。

第二十章 爱情啊,就像香烟

今天是万圣节,萨温节安息日。阿代拉伊德本想在朱迪特家里共同庆祝,但是她得陪同克洛蒂尔德一起,去参加一场离家三小时车程的实验文学节,反正人们不总能如愿以偿做想做的事。克洛蒂尔德要在文学节展开一场表演,揭开《小罗伯特法语词典》性别歧视的外皮,然后荒腔走板地把《游击队员之歌》高声唱成《女游击队员之歌》。她们一起坐了省际慢速列车到达目的地,把行李存放在宜必思快捷酒店,试着买到阿斯巴甜的苏打水。她们一起找到了晚上举办活动的小小剧场,向遇见的作家打招呼,和组织者聊聊天。现在时间是下午三点半左右。

两个午轻的艺术家卸下他们明天要用的表演道具:些装满死鸡的柳条筐。在休息室里,听得到一旁的厅里,一张长长的纸卷正在展开。一份印着具体名称的名单,一份印着四大互联网巨头和硅谷公司的名单。一个说着英文的合成声音时不时回响。当然啦，外面正下着雨，据天气预报，倾盆大雨会一直下到明天，这让阿代拉伊德准确地预见到了表演的情况。观众将由十个表演者、他们的朋友，和本地的书店店主组成。克洛蒂尔德对此早习以为常，她常遇到这种情况。有时，场地很大，观众很投入。而有时，情况艰难，观众很抗拒，环境又不合时宜。其他的时候就像今晚这样，几乎没有人来。然而克洛蒂尔德还是对自己说，这终究很重要。在她的同行面前朗读，倾听她的同事，这都是工作的一部分。而朋友的朋友也是读者，就像其他读者一样。作为媒体专员的阿代拉伊德觉得这件事分明就是浪费时间，而作为朋友的阿代拉伊德清楚，对于克洛蒂尔德来说，在公开朗诵中分享她的成果，至关重要。

下午四点二十五分，克洛蒂尔德开始在舞台上调试设备，她试音，试麦克风，不断发出同一个声音。阿代拉伊德靠在第一排看着她。突然大门敞开，走进来两个男人，阿贝尔·卡斯特，一个当代诗人，克洛蒂尔德的老朋友，后面跟着他的音乐人。阿代拉伊德向他们打了个招呼，并没有认真看他们。音乐人很快坐在他们身旁，而此时克洛蒂尔德正在用自己的声音合成音效，在电脑上播出一段预先设计好的啸叫。音乐人向阿代拉伊德做了自我介绍，又称他自从《我住在冰箱里》那场表演之后就再没见过克洛蒂尔德。阿代拉伊德于是记起，那场表演的背景音由不同年代不同品牌的冰箱声构成，而克洛蒂尔德把它们混合起来，不断重复，合成了一组让听众几乎失聪的背景声。于是阿代拉伊德立刻补充道："从那以后，克洛蒂尔德的艺术实践进步很大。"试音停止了，紧接着是诗人与音乐人走上舞台调试设备，诗人掏出他的纸张，音乐人拿出他的苹果电脑，阿代拉伊德和克洛蒂尔德听了一会儿，音响质量不错，她们于是回到休息室里。工作人员开始茶点服务，没有零度可乐，而奶油鸡蛋馅饼烤得很糟糕。

下午六点四十五分，休息室里，音乐人坐到阿代拉伊德的那一桌，坐在她身旁。她十分尴尬：她不记得他的名字了。他叫阿德里安，还十分健谈。他对她微笑，向她抛出许多问题，现在是下午七点五十七分。阿代拉伊德十分惊讶，但是显而易见，他对自己很有兴趣。这让她惊诧不已，并不仅仅因为这事能降临到她身上，也因为这个男人本身。阿德里安是个美男子，拥有那种公认的英俊。三天没理的花白的胡子，五十多岁的年纪，都只给他平添一份神秘气息。通常，她对这款男人没有吸引力，这是她能够得着的类型之外的男人。她自问到底发生了什么，对此一头雾水。但阿德里安触碰她的手臂，努力让她笑，挑逗她。他向她提议，去小小的遮阳棚下抽支烟。

阿代拉伊德与阿德里安刻意保持距离，好确定阿德里安是否会更近一步，是否会像孔雀开屏那般围绕着自己，是否会让他的求偶信号一一降临到她身上。这些信号，她不去阐释，不做白日梦。他们两人一起远离众人，他凑在她身旁与她说话。他与她分享最后一支香烟，他们的手指短暂地相触，一份悸动正式展开。他站在她面前，直视她的眼睛，毫不掩饰地赞美她。阿代拉伊德卸下防备，香烟跌落脚下。他们都笑了，一个词在阿代拉伊德心底浮现出来：一见钟情。阿德里安的嘴唇，她多想去吻一下，他们这般的开始，仿佛亲吻是几个小时之后水到渠成的事情。

克洛蒂尔德把他们的小伎俩看得一清二楚，她很快就要上台了，在化妆室里，她对阿代拉伊德说："他多帅啊。"又说："他在你身边转来转去，看得出来，太明显了。"又补充道："大胆去吧。"阿代拉伊德回到她在大厅中的座位中去，当然喽，阿德里安为她留了一个位置。晚上九点，克洛蒂尔德的全部表演对于阿代拉伊德来说，不过是肢体接触的策略。她想到《红与黑》中的一段描写，于连握住瑞纳夫人的手那一段。当克洛蒂尔德在灯光下撕去《小罗伯特法语词典》的第一页时，阿德里安抚摸着阿代拉伊德的膝盖，他们的手臂在座椅扶手上相触。至此，阿代拉伊德再看不到也听不见克洛蒂尔德，她为自己制造了一段记忆，关于在阿德里安身边第一个夜晚的记忆，而他们第一个吻，他们的第一次过夜，都在不远的将来等待。她料想着阿德里安会轻柔地牵起她的手，又推测说，现在未免为时过早，于是举手为克洛蒂尔德鼓掌。

下一个表演的就是阿贝尔·卡斯特与阿德里安。阿德里安起身去更衣室，离开之前还不忘索求一枚孩子气的吻。阿代拉伊德的心高高地飘在天上，她的灵魂深深感激着宇宙，而她的精神则干脆把女神阿芙洛狄忒认做母亲。当克洛蒂尔德在给几个读者签名的时候，阿代拉伊德在卫生间快乐地手舞足蹈，无声地喊叫。

晚上十点三十分，演出重新开始。诗人不制造韵脚，却说明真相。有四百万法国人正是或曾经是乱伦罪的受害者，估计每个班级里就有两个孩子正在暗处遭受这种罪行。这一宣告，加上克洛蒂尔德在她的表演中强调的，在法国每两天就发生一起女性谋杀案，每一天都有对同性恋的攻击，这一切让听众们度过了一个精彩的夜晚。阿代拉伊德的眼睛只顾着看音乐人了。看着他在苹果电脑前忙忙碌碌,她猜想着最初他演奏的是哪一种乐器。在电脑之外,他会敲击琴键,还是拨动吉他。他那么外向,一定不会是贝斯手。她很想知道,在不远的将来等待她的爱情小夜曲,将会以电子吉他的形式出现呢,还是以旋律乐的形式出现。既然这"不远的将来"越来越迫近,她的心有所感知,跳得越发剧烈,她的心强烈鼓动着阿代拉伊德迈出那第一步。

零点十五分,剧场关门,而剧场酒吧里,阿代拉伊德和阿德里安仿佛身处不会破裂的泡泡之中。他们的品位有那样多的相似之处,他们谈论着自己年少时的趣事。凌晨一点半,克洛蒂尔德把阿代拉伊德从酒吧里拉出来。一行人一起步行回宾馆,尽管用了导航,他们还是在中途迷了路。所有人的房间都是相连的,在小团体中找到一份属于两个人的私密时间显然不可能。阿代拉伊德的心无法平静,阿德里安关上房门之前,对她眨了眨眼,又轻轻说了声:睡个好觉。凌晨一点四十五分,阿代拉伊德睡不着,在 Facebook 上请求加阿德里安为好友。他立刻接受了。两人被一扇墙板隔开,一直聊到凌晨三点五十分,最后的信息满是表情符号。

第二天中午,阿代拉伊德醒来。一张纸从她房门的缝中溜进来。阿德里安写了他的电话号码,写着"我得赶火车",最后写道:"温柔的吻。"阿代拉伊德先是觉得这一切迷人极了,但紧接着,"温柔的吻"让她惊恐。有一点过时,有一点滑稽。回程火车上,克洛蒂尔德读书,而阿代拉伊德全程都盯着手机,与阿德里安发短信。克洛蒂尔德祝贺了她,又在分别的站台上让阿代拉伊德保证向她报告新进展,关于约会的情况之类的。回到家里,阿代拉伊德依然没有回过神来,但她还是反复对自己说:重大事件发生了。阿德里安向她提议在这个星期的某个晚上见上一面。她一有空就马上见面,她太让他想念了,并且,他的短信情感四溢。

在两人就见面的时间地点达成一致前,阿代拉伊德的大脑强迫自己运作起来,去证实这个阿德里安到底是何人。当然啦,阿代拉伊德前一晚就在 Facebook 上把阿德里安从头到尾查了个遍,也在谷歌上搜索了他,但这还不够。他那么自如,那么讨人喜欢。除了"温柔的吻",这个现成的短语。有可能这一切都不是一见钟情的果实,而是一种烂熟的操作,一种过分油腻的机械程序,阿德里安很可能只是个讨人厌的花花公子,一个百分百的情场老手。阿代拉伊德对自己说,她不能冒险,她想要一段不止于性的关系。

既然他是个音乐人,她就打了个电话给朱迪特,电话转到语音信箱上,她说明:"紧急求助!关于一个男人的背景调查。"朱迪特还没有走出广播电台就回拨给了她,并且问清了对方名字。她半小时不到就带着探听来的信息打回去。阿德里安已婚。阿代拉伊德的心凝固了片刻,朱迪特的心为她的姐妹绞痛。阿代拉伊德在手机前稍做犹豫,然后打出一行字给阿德里安:在走得更远之前,我想验证一下,你至少是单身吧?二十分钟过去了,然后阿代拉伊德明白,阿德里安可能是在打字上犯了结巴症。回复很长,有着像"你打动了我"和"我很抱歉,不是你说的意义上的单身"这样的句子。阿代拉伊德立刻屏蔽了阿德里安。她不会掉一滴泪,如果走得更远,他迟早会对她说:"我想要你,但我不爱你。"

第二十一章　天亮了

这段故事的主角，是阿代拉伊德的心脏。是它在冲撞、流血，在苛求、伸展。是它在哀悼永别，是它被空虚吞噬。是这一颗心执意要跳得更强劲。有时，这颗心想象着它不是被血肉铸就，而是被合成材料、合成纤维塑造的，主动脉能防火。

秋天吞噬着每日的暮色，而阿代拉伊德最终接受了她的单身。她对自己说，这是一个阶段，而她理应敞怀迎接，过分地想与这种状态斗争的话，她的自我和她的心最后都会破损。阿代拉伊德是理智的，她向现实弯腰，她别无选择。一切都写在了数字里，女性的数量比男性更多，她无法把自己从现实中减掉。

就这样，阿代拉伊德沉浸在孤独中，治愈着她的结婚渴望症。寂静再也不让她担忧，反而抚慰着她。她听着音乐，不再想象自己与弗拉迪米尔在歌声里共舞的模样。她一米二宽的小床保持着贞洁，而她的公寓，是一个年轻女孩的模样。阿代拉伊德小姐，当她在镜中看着自己时，是为了在歌声中观察自己，为了想象自己反手一巴掌赶走那些求爱者。她不再想要任何人，并为亲密关系的缺失松了一口气。

她更坚强也更轻盈地度过那些月份、星期与日子。她意识到自己是拥有特权的，因为世界末日即将来临。每一天，她都为自己没有孩子而快乐。地球的生态大崩溃已成定局，却丝毫触及不到她。朱迪特，她，绞着手指对阿代拉伊德吐露心声："我女儿的孩子可能会生活在没有水资源的世界里。"阿代拉伊德要在世界末日之前尽享欢乐。她确定自己的生命会熄灭在——根据不同的预测——三十年或五十年后的地球大崩溃之前。

阿代拉伊德的朋友圈里，事情有所变动。贝朗热尔正式获得情人的地位，她觉得非常方便，并向她的朋友们总结道："我有一个半日制的男人。"阿代拉伊德觉得她对正式情侣关系的拒绝让人难过。埃尔默利娜依然震惊，不停地询问关于那个男人妻子的问题。朱迪特多希望自己能忘了那个男歌手，从相遇以来这份情愫就保留着，一种荒谬的幻想已然结晶。她向朋友们祈求帮助，请求通过女巫的仪式斩断连接与吸引,把男歌手从她的脑海中送走。朱迪特爱她的丈夫,感觉自己被魔鬼缠身了。克洛蒂尔德建议她去看一看心理医生,她觉得男歌手象征着朱迪特应该拒绝的所有可能性,而女神们对此无能为力,而她要做的,就是接受这一点。

已是四月的末尾。今晚阿代拉伊德要去朱迪特的朋友为她准备的散心派对。朱迪特很担心阿代拉伊德,她已经把生活简化为工作,以及离开办公室后和三两朋友共饮一两杯。朱迪特把阿代拉伊德拖到一个记者朋友的生日晚会上,阿代拉伊德曾经的伴侣有很多是记者。阿代拉伊德觉得,一般情况下,记者都聪明,好奇心强,充满领袖魅力。朱迪特相信派对会是鱼塘,一个充满单身人士的绝对水源。阿代拉伊德穿了一件领口大开的女士衬衫,两只蓬蓬袖增添一份韵味。在这里她是泰然自若的,每一个房间里都是向她微笑的熟悉面孔。男人们都风度翩翩,阿代拉伊德游戏般辨认出潜在的猎物。当然啦,没有一个男人是单身。阿代拉伊德告诉朱迪特,是时候放手了,又加上,要接受现实,然后拖着朱迪特步入客厅中央的舞池。

她在黛比·哈利的歌声中扭动身体,她在金·怀德的音乐里自乐自娱。突然,音乐的节奏变得难以追随,而旋律也变得陌生。有人换了唱片，现在放的是小众尖端电子乐。阿代拉伊德重新认出了卢克。自从一年多以前，朱迪特家的上一场派对之后，她就再也没有见过他。他本来已经很瘦，而如今更是脸部线条凹陷，传言说他刚从一段耗人心力的情感中走出来。他坐在电脑前，脸庞被屏幕的光照亮。他拥有扰乱人心的美，让阿代拉伊德觉得自己无法接近。当她看着卢克时，她想到浪漫主义狂飙突进，想到少年维特的烦恼。阿代拉伊德把卢克当作一件高贵的珍宝，而她没有钱财。所以，她没怎么和他说话，但她的视线无法从他身上移开。因而她得以目睹一个似乎对卢克颇感兴趣的美丽金发女孩的把戏。阿代拉伊德对自己说，事情总是老一套，让她讨厌。

卢克推开了金发女孩：他更希望专心当DJ。阿代拉伊德走近他，只拉扯了些日常，然后回到朱迪特身边，吐露自己的羞惭。她自我设障到这种地步，让朱迪特非常惊讶，只能提醒她说，卢克是个复杂的男人，这一点人人皆知，但又为阿代拉伊德有人可思念而高兴。朱迪特对她说："去吧，勇敢点。"又补充道："你没有什么可损失的。"

阿代拉伊德立刻重返客厅，她无比清楚要做些什么。

吹捧卢克选的音乐，装作音乐给予她灵魂震撼的样子，以便引起注意。金发女孩目前正四处跳来跳去，发出一阵阵细细的尖叫。阿代拉伊德的身体萎靡不振。她回到厨房里，给自己调了杯金汤力。

阿代拉伊德没有再和卢克说话就离开了。她穿上外套，甚至没有和他说再见。卢克继续混着音，没有察觉她已经离开。对卢克来说，阿代拉伊德是一个和其他女人并无二致的女人，十五年来他都会在朋友的朋友的聚会上遇见她。阿代拉伊德回到家，明白自己心乱如麻。她抚摸着佩尔迪逊，满脑子都是卢克。卢克一直单身，没有孩子，这样的条件多么罕见，不试一试实在愚蠢。阿代拉伊德对自己说：我不能等着明年再开一场假设中的派对。她思考了一会儿，她没有任何悄悄接近卢克、制造偶遇的方法。她一点也不了解他，也没有他的电话号码。阿代拉伊德做了一点搜索，在朱迪特发出的邀请邮件上，她找到了卢克的邮箱，决定给他写邮件。阿代拉伊德的脑海中有了一场大战，骄傲与理智，一切都摧毁。她想到拒绝，却不愿意用"羞辱"这样的字眼。她把自己看作一个没有什么可以失去的赌徒，勇敢地鼓起精神，勇往直前，冒险写了四行直截了当的邮件。她喜欢他，也觉得他们很适合在一起。

阿代拉伊德点击发送，感觉自己启动了一个将改变她人生的选择。她为自己敢于行动而无比自豪，觉得自己勇气非凡。她知道机会极其渺茫，卢克只和金发女郎约会，一般只选择惹火的尤物。他很可能会回答："我挺喜欢你的，但是我对你没有欲望。"阿代拉伊德知道，她又一次承担了自我感觉像变质烤肉的风险，但是这一次，她在心理上做好了准备。

随后的几个小时里，她的心随着新邮件的提示音而跳动。她品尝着这种希望，一种新开始的可能。她不再想把自己投射进想象的世界，她破天荒第一次没有想象日常生活，想象二人世界，想象结婚的市政厅。孤独的沉浸起了作用，她发现自己强烈的结婚渴望症被治愈了。她会拥有温柔的睡眠，梦会淡淡地染上金褐色。

回邮会姗姗来迟，卢克会完全没有料到，因而哑口无言。回邮会是两天之后的事情。回邮会是委婉的，措辞会十分优雅，会让阿代拉伊德接受这份拒绝而不染上挫败感。她对自己说：这个男人是我够不着的。她的心呢，因而能坦然忘却卢克。阿代拉伊德的心，已然苍老许多。她的心接受了现实，知道如何自我保护。她的心再不愿流血，更想让自己依然空荡。阿代拉伊德的心，希望自己被防腐剂包裹。

  阿代拉伊德的心脏，最终会变成怎样，当然是在此要提的问题。我们的阿代拉伊德，她的人生下半场，将以怎样的形式展开，她的存在图景终究如何？阿代拉伊德幸存下来了，这是一个和诸多其他女人并无二致的女人。她会成为怎样的人，三言两语可说不清。

第二十二章　爱情零元年

阿代拉伊德，也许最终会厌倦孤独的洗浴。也许，一个满月或者夏至的夜晚，她会再次在七女神面前提出她的请求，会表达得更详细。她会想到极为精确的细节，她的要求列表会很长，她的女友们会信服。埃尔默利娜还是会暗暗质疑，这要求清单会不会长得无法实现。贝朗热尔会承认，在这诸多的条件要求之下，如果仪式还能成功，那阿芙洛狄忒女神可真是比 Tinder 要能干多了。朱迪特相信，每个人都有一个灵魂伴侣，而她有好几个，这也解释了为什么那个男歌手不停地出现在她的脑海中。朱迪特因而还不放弃：克洛蒂尔德出于宽厚仁慈，也应该为她解除魔障。

九月份，在朱迪特的朋友开的一场派对上，阿代拉伊德会最终遇见那个他，那个像弗拉迪米尔的男人。他四十六岁，瞳仁醒目，仪表堂堂，他有个巨大的鼻子，整个高中时期，他的外号都叫大鼻子情圣。他聪明，他是一家面向科技极客的媒体的总监。我们会叫他格雷古瓦，一个还没被用滥的好听名字。

格雷古瓦没有孩子，并一直反对要孩子。这是他为什么不去找更年轻女人的部分原因。格雷古瓦没有神经官能症，已经埋葬了自己的母亲，并且他很久以前就中止了出于好奇而进行的精神分析治疗。他离婚有三年了，与前妻保持着良好关系。他事业有成，没有挫败感。格雷古瓦拥有一手好牌，迷人的磁性嗓音、极佳的幽默感，和巴黎共和广场附近一间小小的一居室。他喜欢接受惊喜，还十分有创造力。在智力上掌控伴侣这种事情，对他而言毫无刺激。这是他为什么不找更年轻女人的绝对原因。

格雷古瓦喜欢阿代拉伊德，看吧，这也是有可能的呢。这是个消费爱情的时代，但是格雷古瓦倾向于稳定。更何况，他没有在找，是阿代拉伊德撞进了他的视线。爱情，就是两份孤独彼此相认，又彼此相拥。

阿代拉伊德的心，已经从结婚渴望症中痊愈，如今已没有以往的期待。格雷古瓦就是格雷古瓦，他不是某种功能的体现。阿代拉伊德不再需要安全感，她在情感上已完全自主。她不再苦苦寻求融合，她保留自己的完整性。爱情，就是两份孤独彼此填补，又不将彼此吞噬。

阿代拉伊德找到了那个人，随之进入人生新阶段。阿代拉伊德适应得飞快，她游弋进二人世界的生活中去。这种生活与她经历过的所有二人世界都相去甚远。创造新的生活模式，也不是没有可能。她并不厌倦，也很少洗碗。格雷古瓦总有新奇之想，至于阿代拉伊德呢，我们知道她很机灵。这两个人彼此理解，知道如何给对方惊喜。爱情，就是两份孤独彼此给予惊奇，甚至让彼此颤抖。

他们很快安定下来，一起在一个舒适的街区租了个小小的公寓，或者他们会更倾向于在一个便宜的街区租一个七十五平方米的公寓。又或者，格雷古瓦会把自己的小小一居室卖掉，再共同从银行贷款。这样的情况下，他们将会以户主的身份面临同样的选择。当然啦，格雷古瓦就像阿代拉伊德一样：叶绿素让他惧怕，乡村让他焦躁，郊区让他抑郁，他的人生，就在巴黎。所以呢，他俩直到人生最后的日子，都会在住房方面受到诅咒。

阿芙洛狄忒女神回来了，阿代拉伊德的心满是彩虹色。格雷古瓦会是最后一个男人，在几年之后，当然啦，他会与她结婚。埃尔默利娜会因为朋友选择如此传统的人生而悲伤。朱迪特会很开心，加之她丈夫与格雷古瓦相处得很融洽。贝朗热尔将无法参加婚礼，她情人的妻子刚刚生产，她状态不佳，要靠镇静剂。克洛蒂尔德会在他们蜜月旅行的时候照看小猫。

阿代拉伊德的故事可以就这样结束。她找到了伴侣，她继续着自己的事业。她单身的时光没有持续很久，然而，这段小插曲曾经难挨得就像永恒。爱情这个词熄灭之时，就是孤独。阿代拉伊德·贝特尔，一个和许多其他女人并无二致的女人。她需要被爱，来感觉自己的存在。

第二十三章　独自一人

另一种可能是，阿代拉伊德谁也没遇到。没有一个人与她契合，让她感动让她笑。阿代拉伊德的心，变得挑剔，无需不计一切代价地填补它。阿代拉伊德意识到，弗拉迪米尔在现实中永远不会出现。阿代拉伊德在数据上符合那些被求偶市场排除在外的人：高学历的女性更难找到伴侣。低学历的男性也一样，他们的目标被更高的经济攻击力一扫而空了。而学问过高的女性则让人恐惧，让人疲倦，让人不安。阿代拉伊德属于充斥着"阿尔法男"的一代人，这让她作为异性恋女性的境遇更加艰难。她拒绝成为那些厌男者，虽然，她有时觉得这条路就摆在她面前。

阿代拉伊德清楚她的特殊，她拒绝组建传统意义上的家庭，她拒绝接受一切传统的家庭，这让她看起来像个疯子，那么多的自由，绝不是张好牌。阿代拉伊德接受了，她的个人条件有些扭曲，会让许多人拔腿而逃，她接受了现实，她不是为现实而打造的。

因此，阿代拉伊德敞开怀抱迎接了孤独，在她身旁蜷成一团的小猫佩尔迪逊，于她而言已经足够，买一张更大的床，已能让她满足。既然这世上女性数量多于男性，就理应有些女性一直单身。因而阿代拉伊德不会再组建二人世界了，她完全不为此愁苦。

她仍然会有故事，仓促的故事，一如既往地让人失望，她会把那些故事按照它们应有的样子来对待：简单的消遣。她的心会平静下来，只为自己而跳。她与寂静的关系会慢慢地发展。与他人分享自己的空间对她而言很快变成一个不合适的主意，她会时常问自己，曾经的自己是怎样做到的。工资会增长，但她依然会住在自己的迷你一居室里。不管阿代拉伊德选择哪条人生道路，巴黎的房屋租赁都会是一个彻头彻尾的丑闻。拒绝住在一个更宽阔、更舒适的地方，会让阿代拉伊德痛苦，她会花许多时间来适应这一点。当然是因为她真的花去许多时间在工作上，而她知道，在居住方面，两个人一起住的话，一切都会简单得多。

阿代拉伊德单身而自由，不用服从任何属于二人生活的偶然。她的时间由她做主，她的时间不再悬浮。她占领时间，她填满时间。文化活动啦，社交往来啦。阿代拉伊德完全地投入到她的事业之中，她换了两次出版社，最后成为部门负责人。友谊自然而然地取代了爱情，她的朋友圈与她的视野以同样的节奏扩展着。

阿代拉伊德对过往没有任何留恋，几乎完全忘记了弗拉迪米尔，埃尔默利娜为她的自我赋权开心不已，把她当作闪耀单身女性的例子。朱迪特时常试着给她介绍男性，但除了她一直够不着的卢克，没有人能真正地吸引她。克洛蒂尔德为她们姐妹的遭遇写了一本书，准备命名为《塑料化的心房》。贝朗热尔看到阿代拉伊德走出困境，也拾起勇气，与她那位刚有了一个儿子的情人分了手。

阿代拉伊德老了，她的心越发坚硬，爱神阿芙洛狄忒离夫了，她与爱情这个词挥手永别已经很久了。她依然会在佩尔迪逊身上体会到爱神。小猫与她共度良辰，小猫与她分享人生，她时常对小猫说"我爱你"，只为了让这句表达不至于生锈。佩尔迪逊舔着她的脸，不太卫生，不过阿代拉伊德放纵小猫如此。这是一种她秘密保留着的亲昵形式。

阿代拉伊德的生活就这么延续着。除了她的女友们，她不需要任何人。只有姐妹之情，才是她人生的中心。她一心扑在工作上，成为真正的职场斗士。她不再为任何事情后悔，她懂得如何接受自己的命运，甚至做得更好：她懂得让命运更加理想。孤独会成为她最自然不过的驾驶舱，成为她行动的自由，她的整个生态系统。

阿代拉伊德的命运也可以是这样，她体验过二人世界，有过十多个爱人，厌倦的时刻却一直会到来。她可能会一直做单身女人，单身的状态让她安心。对于知道如何填补单身，甚至在单身中如鱼得水的人来说，单身与孤独这个词大相径庭。阿代拉伊德·贝特尔，一个和许多女人并无二致的女人，她不需要男人来感受自己的存在。

第二十四章　女游击队员们

无论如何，最终阿代拉伊德都会在七十六岁时孑然一身，可能是出于自己的选择，也可能是在格雷古瓦的葬礼之后。男人会率先离开这个世界，同时朱迪特也成了寡妇。克洛蒂尔德单身，贝朗热尔也是。埃尔默利娜三十多年前结了婚，她的伴侣叫茉莉，她们有了两个孩子。埃尔默利娜是第一个被自己的命运惊讶到的人。她们住在巴黎北部郊区蒙特勒伊的一栋大房子里。房子如此之宽敞，让她们一起，所有人一起住在那里。

她们组建了一个协会，一个极小的团体。在她们改造过的仓库里，她们一起编辑作品，组织朗诵会、表演与音乐会。团体的名字，叫作"莉莉丝的女儿"。克洛蒂尔德负责书，朱迪特负责音乐，埃尔默利娜负责绘画设计，阿代拉伊德负责媒体宣传，而贝朗热尔负责会计。她们的书目就像她们的节目安排那样，专一地侧重于女性。她们把支持送给那些新声音，同时保证作品的质量不会让自己厌倦。

阿代拉伊德的心每隔三个月，每当朱迪特组织她掌握秘密的著名派对时，就要激动一次。她们的心脏医生反对，但她们不管不顾。她们不想放弃她们的旧传统。快要八十岁的时候，找到一个卖可卡因的人对她们来说无比艰难。尽管如此，她们还是会在同样的音乐中起舞，直到音乐骤然变为小众尖端电子音乐。卢克那时已经坐上轮椅了，但他依然坚持要做永远的唯一的DJ。

阿代拉伊德会拥有美丽的回忆，但丝毫没有怀旧之情。她的日常将十分温柔，将被女友们环绕，尽管，克洛蒂尔德确实很少走出她的房间了。佩尔迪逊离开这个世界已经很久了，但她们会有四只猫，两只混种短毛，两只暹罗猫，都起着带异国情调的疾病和药物的名字。每一天，阿代拉伊德都活在分享与启迪之中，几乎忘记死亡迫近的事实。她的致命之击会发生在洗手台面上，某个新年的前夜。对所有人来说，这都是巨大的痛苦。这一次打击之后，她们不似以往。贝朗热尔，然后是朱迪特和克洛蒂尔德，接二连三地熄灭了生命之火。埃尔默利娜会在茉莉的怀抱中为失去女友而哭泣，她的孩子们会让她卖掉别墅，这栋位于蒙特勒伊、宽敞得过分的别墅。孩子们会让她们买一套简单的两居室，住得离他们近一些。埃尔默利娜会在阿尔勒那一带度过余生，与她一同消失的，是一切关于阿代拉伊德的痕迹。生者的回忆，独自抵抗遗忘。

阿代拉伊德的故事，就以这种方式结束了。一个女性团体。因为需要保持清醒，所有女性都需要准备周全。女人比男人多，而男人会先死。如果不能做同性恋，就需要一些创造力，无论阿芙洛狄忒是离开还是倾向于留下。有的人会活在二人关系中，却被孤独咬噬。只有女性间的友谊可以让人不被深渊吞没。这是一种适应现实的生活方式，组成可靠的朋友圈，自发组织，为了笑，也为了不孤独终老。

阿代拉伊德的心，成为焚烧炉中的灰。它安息在蒙特瓦利，四散在一座小花园的草坪上。如今草已疯长。而阿代拉伊德的心，毫无遗憾。当棺材燃烧时，火光摇曳、噼啪作响，仿佛歌谣。风中的野草，密密丛丛。而音乐，据说对植物大有裨益。

Chloé Delaume
Le cœur synthétique
Copyright © Éditions du Seuil, 2020.
Simplified Chinese edition copyright © Archipel Press, 2025
All rights reserved.
Cet ouvrage a bénéficié du soutien du Programme d'aide à la publication de l'Institut français.
本书获得了法国对外文教局的版税资助。

图字：09-2024-0957号

图书在版编目（CIP）数据

合成的心 / （法）克洛埃·德洛姆著 ；吴燕南译.
上海 ： 上海译文出版社，2025. 4. -- ISBN 978-7-5327-9854-4
Ⅰ. I565. 45
中国国家版本馆CIP数据核字第2025E1M149号

合成的心
[法] 克洛埃·德洛姆 著 吴燕南 译
特约策划/彭伦 郁梦非 责任编辑/赵婧 封面设计/DarkSlayer

上海译文出版社有限公司出版、发行
网址：www.yiwen.com.cn
201101 上海市闵行区号景路159弄B座
苏州市越洋印刷有限公司印刷

开本850×1168 1/32 印张7.75 插页2 字数75,000
2025年4月第1版 2025年4月第1次印刷
印数：0,001—6,000册

ISBN 978-7-5327-9854-4
定价：66.00元

本书中文简体字专有出版权归本社独家所有，非经本社同意不得转载、摘编或复制
如有质量问题，请与承印厂质量科联系。T：0512-68180628